RIEN NE DURE
VRAIMENT LONGTEMPS

MATTHIEU SEEL

RIEN NE DURE VRAIMENT LONGTEMPS

RÉCIT

HarperCollins
TRAVERSÉE

HARPERCOLLINS FRANCE
83-85, boulevard Vincent-Auriol, 75646 PARIS CEDEX 13
Tél. : 01 42 16 63 63

www.harpercollins.fr
ISBN 979-1-0339-1129-6 — ISSN 2724-9972

À ma grand-mère, Gisèle.
À mes deux enfants, Lou et Abraham.

PROLOGUE

« LA PUTE ET LE CAILLOU »

Une Pute, un Fou assis sur un quai de métro du côté de Marcadet fumaient du crack, la Pute déblatérait. Le Fou perché ne l'écoutait plus. Alors la Pute en colère attrapa le Fou, le jeta par terre, lui tordit le cou…

— Madame la Pute, qu'avez-vous fait là ?

— J'ai commis un crime. Crack. Un assassinat !

L'histoire de la Pute et du Caillou. À peu de chose près, c'est toute la vérité. C'est ce que j'ai été. Ben, quoi ? Y en a plein partout des putes et des cailloux, dans tous les milieux. Suffit de bien regarder.

Je l'ai été. Sans peur et sans reproches : ce serait un peu gonflé de dire autre chose. J'y suis allé tout droit, j'y suis arrivé tout seul, on ne m'a même pas aidé.

Mais je ne l'ai pas vu venir.

Juré qu'il a fallu d'abord que je pense avoir assez souffert pour pouvoir continuer à faire semblant, semblant de mourir encore un peu, faire durer le droit de faire payer aux autres ce vide en moi.

L'enfer.

Je l'entends parfois la haine dans les mots des autres, dans les questionnements à qui veut l'inexpliqué.

« Pourquoi il a fait ça ?! »

« T'as vu comme il a déconné ?! »

« Comment peut-on tomber si bas ? »

Tout ça puait la mort pourtant je suis vivant, j'y suis arrivé. Est-ce bien mérité ? Il est parfois temps de se reposer la question.

DIES IRAE

On me demande souvent comment j'ai commencé à fumer. Moi, un mec du 19e, élevé avec cette règle : tu ne consommeras pas de drogues dures. Et ce principe de gueule d'immigré obligé de réussir, obligé de tenir.

J'ai grandi dans un quartier où les gamins couraient avec une main sur la tête pour ne pas perdre leur kippa. « Touche pas à ça », « Touche pas à mon pote ».

Je me souviens comment ma mère, pour une kermesse à l'école primaire, avait décidé de nous fabriquer des déguisements de sans-culotte. On était si fiers.

À la maison, il fallait partager. Et sur nos tasses, nos stylos, nos livres : le logo de l'UNICEF s'affichait en lettres capitales.

J'ai grandi avec ces valeurs sans savoir ce qu'elles recouvraient exactement. Puis j'ai compris qu'il fallait y faire attention. Mais comment ?

Il y a les uns et puis il y a les autres, le genre et puis la forme, la couleur et l'origine, la culture et les racines, la nourriture et la cuisine, les arbres et les plantes. Les animaux et les êtres humains. Tout ça semble banal.

Être adopté, ça voulait dire quoi ? Évidemment que je savais, mais je n'acceptais pas. Décalage entre le propos et la réalité. Ma réalité. Enfant, je me sentais un peu comme cette petite fille qui, sur le chemin de l'église, allant à confesse, ajoute à la liste de ses méfaits des mots dont elle ne comprend pas le sens. Même si elle doute d'avoir commis le moindre péché, elle veut être sûre que Dieu lui pardonne.

J'ai longtemps menti. Aux copains, à la maîtresse d'école, au catéchisme. J'ai menti sur mes origines que je ne connaissais pas, sur l'endroit d'où je venais, sur les raisons pour lesquelles c'était arrivé.

Les parents ont tout fait pour aider. Ça au moins je ne peux pas le leur retirer. Et puis d'ailleurs sans eux, qui aurais-je été ? Cette question n'aura pas de réponse, ou alors pas tout de suite. Il faudra des années pour combler le trou béant laissé par l'absence de parents biologiques.

J'étais dans le doute. Alors dans le doute, j'ai changé ma vie.

Dans cette vie, j'ai toujours eu moins peur qu'envie de savoir. Pour savoir, il m'a fallu transgresser. J'ai décidé de faire usage de mon corps avec une liberté en dehors de la norme. Je me suis mis en danger pour me libérer. De quoi, ça maintenant je sais. Pas de certitude, mais un faisceau d'indices. La réalité, c'est aussi que dès le départ, j'ai manqué d'une base.

Personne n'a chanté pour moi. Personne ne m'a confirmé qui j'étais, qui m'avait mis au monde, ni comment, ni pourquoi. Personne ne m'a dit qui était mon père et qui était ma mère. Si j'avais des frères et sœurs. Si j'étais fils unique. Personne ne m'a confirmé si oui ou non j'étais un bienfait, un désir, un accident. Pas de coutumes locales ni de traditions ancestrales, pas de terre, pas de musique pour me rappeler d'où je venais.

Rien. Que du papier et de l'encre. De l'encre séchée, par endroits à moitié effacée. Des lignes vides, un dossier des services sociaux incomplet. Des mystères et du vide. Finalement pas de tragédie ni de merveilleux comme dans *Superman*.

Je ne pourrai jamais dire : j'ai retrouvé mes parents.

J'ai évolué plus tard, après avoir compris entre autres que soit on meurt, soit on meurt éventuellement. Que pour dire les choses il faut choisir un mode de parole : porter la voix dans le désert et porter la voix sur la glace. Dire publiquement ce qui doit se régler habituellement dans l'intime. L'écrire pour en sortir.

Alors je ne sais plus ni quel jour ni quelle année j'ai commencé à fumer. À peu près. Et j'en ai rien à foutre, et c'est comme ça. Je sais comment j'ai commencé, et pourquoi. Est-ce que ce n'est pas le plus important ?

À L'ORIGINE

Au début, c'est simple. Papa, Maman, Grand frère, Grande sœur. Les parents sont bienveillants, on ne fait qu'apprendre et jouer. Aller au ski à chaque congé d'hiver, au conservatoire et au sport toute l'année. Et le week-end, on sort : on va au musée, parfois à l'opéra, mais moins souvent qu'au ciné.

Avec le temps, les choses se compliquent. Qu'est-ce que c'est que tout ce charabia ? Quelque chose cloche, mais quoi ?

Fin des années 1980. Je suis sur le canapé assis entre mes deux parents. Mon frère joue sur le tapis, ma sœur est sur les genoux de mon père. Ça ressemble à une photo de famille parfaite. Comme celle que j'ai vue chez mes grands-parents. Sur cette photo-là, tout le monde est blanc, sauf mon frère, ma sœur et moi.

— Comment c'était dans ton ventre, maman ?
— Eh bien, mon chéri, tu n'y as jamais été.
Aussi loin que je me souvienne, je l'ai toujours su.

Je dois avoir cinq ans. C'est cette année-là que je prends la mesure de la mort de mon grand-père paternel parti deux ans plus tôt. C'est aussi cette année-là que je comprends que mes parents ne sont pas tout à fait comme les autres parents, que nous sommes des enfants un peu différents des autres enfants. Que d'abord ils ont adopté mon frère, puis ma sœur et enfin, moi.

Les traitements aux hormones, la cicatrice de Papa à la suite d'une opération censée aider à la conception. Et puis les démarches à la Ddass, la pouponnière. Rien n'a été omis. Papa et Maman ont tout fait pour avoir des bébés.

Voici l'histoire telle qu'elle est rédigée à travers les documents d'état civil :

« Né sous X, le… 1983, de père inconnu et de mère inconnue, l'enfant est placé sous la responsabilité du corps médical. Quatre jours plus tard, l'enfant est envoyé à la pouponnière. Après un délai de onze jours, sa mère, sur interrogation du personnel soignant, ayant manifesté sa volonté d'abandonner l'enfant, Jean Yvan

ABRAHAM est gardé à la pouponnière et sera déclaré, après le délai légal de quatre-vingt-dix jours au cours duquel les parents biologiques peuvent reprendre leur enfant, pupille de la nation. »

Je suis placé à cinq mois et demi dans une famille sur injonction du tribunal de grande instance, en vue d'une adoption plénière. J'étais Jean Yvan ABRAHAM. Je m'appelle désormais Matthieu. Nous sommes le 4 octobre 1983.

Je suis là, je suis leur fils : j'ai une identité. Les blancs, sur le papier, sont comblés.

PETIT FRÈRE

Mon frère et ma sœur aînés ont donc eux aussi été « choisis ».

À la DDASS pour lui. Pour elle, c'est autre chose.

Et c'est en Inde, à la fin de l'année 1981, que tout se joue. Après un premier voyage sur place, choqués par la pauvreté ambiante, nos parents ont monté leur projet d'adoption. Mon frère les accompagne.

Nisha est née chez les bonnes sœurs. À Cochin, dans le Kerala. Sa maman vient de Mysore. Ça en fait de la route de Mysore à Cochin ! 394 kilomètres exactement. Sûrement à pied et en charrette. À ce moment-là, les parents se posent la question d'adopter aussi la mère. Elle a onze ans. C'est impossible : ils deviendraient les grands-parents de leur propre fille.

Les bonnes sœurs sont à la tête des universités de la ville, des orphelinats. Un peu partout, ce sont les administratrices du système social. Sur les indications de l'association parisienne où ils ont déposé leur demande, les parents visitent un ouvroir. Juste à côté d'un mouroir. Sur place, ils rencontrent sœur Immaculata. Elle parle très bien français. Elle a étudié à la Sorbonne.

On leur présente l'enfant baptisée du diminutif Maculata. Maintenue par des bandages sur une planchette, silencieuse, elle ne bouge que très peu. Elle est sous-alimentée. Une enfant de six mois qui ressemble à un nouveau-né. Les parents la prennent dans les bras, rachètent le prix de sa pension à l'orphelinat. Une sorte de don. C'est fait, ils ont désormais une fille à eux. Ils la rebaptiseront Amélie, Angèle comme son arrière-grand-mère, et Nisha Moleh, qui signifie « petit bout de chiffon ».

À Cochin, ils logent en famille à la pension de l'orphelinat, juste à côté de l'ouvroir. Amélie est trop petite, sa cage thoracique comprime ses poumons, les parois frottent les unes contre les autres. Elle contracte une infection.

La veille du départ pour la France, en pleine nuit, coup de fil des bonnes sœurs : la petite est trop malade, elle a été conduite en urgence à l'hôpital. Alors c'est la course. Mon père doit impérativement reprendre l'avion avec son garçon pour préparer l'arrivée du bébé. À l'aéroport bondé, il reste bloqué, on lui signale qu'il doit se débarrasser de ses roupies restantes pour pouvoir prendre son vol. Mon frère se perd dans cette quasi-ville avant d'être retrouvé sain et sauf.

Ma mère est restée à l'orphelinat, elle veille sur sa fillette. Lorsqu'elle se rend à l'hôpital, elle découvre les cadavres qui s'empilent dans les couloirs, les malades qui crèvent dans les allées, les blattes qui grouillent sous les corps. Le médecin mesure le tour de tête du bébé avec un mètre ruban. La maladie s'est propagée. Signe caractéristique d'infection : la céphalée augmente de façon alarmante. La seule solution pour l'apaiser est d'insérer une aiguille dans le crâne au niveau de la fontanelle et de prélever du liquide céphalorachidien. Cela la soulage un peu mais la petite multiplie les crises d'épilepsie, si bien que ses os déjà rendus fragiles par la malnutrition continuent de se briser. Son cœur cesse momentanément de battre à plusieurs reprises.

Plus que quelques jours avant Noël. Depuis la France, mon père s'affaire, prépare l'envoi des secours. Il téléphone à Europ Assistance qui prend la décision d'envoyer un avion médicalisé avec à son bord deux pilotes, deux cardiologues et un infirmier. Il faut maintenant réussir à joindre l'orphelinat. La connexion est difficile à obtenir, la standardiste conserve la ligne quatre heures afin de ne pas perdre la communication. Enfin, c'est l'annonce tant attendue, les secours débarqueront en Inde dans quelques heures.

Veille de Noël. L'avion va bientôt atterrir. Ma mère serre sa petite fille contre elle et prend un taxi pour l'aéroport. À chaque arrêt, la foule se jette sur le véhicule pour mendier quelques roupies.

À l'aéroport de Cochin, l'engin clignote au loin. La piste d'atterrissage n'est pas éclairée. Le long du champ, des hommes courent. Ils disposent des boîtes de conserve remplies de pétrole enflammé en guise de balises lumineuses. Puis l'appareil se pose. Deux hommes en descendent. L'un est visiblement médecin, l'autre tient à la main une mallette. Il va faire le plein. Le vol sera long. À bord, un lit médicalisé, un bar avec de l'alcool et des cacahuètes. Pas de toilettes. À chaque arrêt de l'avion pour se ravitailler il faut couper les réacteurs, consignes de sécurité. Au premier arrêt, debout sur l'aile, le copilote aidé du mécanicien surveille le remplissage du carburant. À bord la température de l'appareil monte en flèche. Celle de l'enfant aussi. Crises d'épilepsie. Le respirateur stoppe. Le cœur de l'enfant s'arrête. Bouche-à-bouche, massage cardiaque, le cœur du bébé repart. L'avion aussi.

Arrivée le 24 décembre, à l'aéroport du Bourget. Dehors, il neige. En ville, les rues sont illuminées. Joyeux Noël. Du tiers-monde à l'abondance : vingt heures de voyage, 5 000 dollars, une escale, et trois arrêts cardiaques. Sur le tarmac, dans un terminal isolé, la famille est réunie.

À Cochin, le même jour, un article paraît dans le journal local. En une, jouxtant les vœux de Mère Teresa, on voit ma mère, visage souriant, penchée sur un bébé devenu ma sœur aînée.

Quelque temps plus tard, une épidémie de rubéole décimera la quasi-totalité des enfants de l'orphelinat. Plus de stock disponible.

Lorsque j'arrive dans la famille j'ai huit mois, ma petite grande sœur déjà quatre ans. Elle marche depuis peu. Elle ne parle pas. Ou presque. « C'est comme ça, ça viendra », disent les parents. Je la rattrape vite. Premiers pas à dix mois et premiers mots dans la foulée.

Ma mère fait l'école à Amélie à la maison alors j'écoute à travers le mur, je mémorise depuis ma chambre et finis par hurler les réponses pour qu'on m'entende.

Je n'ai que quatre ans. Je veux grandir trop vite. Mais je suis prêt, j'entrerai au CP l'année suivante.

MIMÉTISME

Je me construis en imitant les autres pour combler mon incapacité à concevoir certains rapports humains. C'est un peu comme ça que j'évolue dans la vie. Cela fait simplement de moi quelqu'un de différent.

« Cette capacité à se faire reconnaître par un tiers ou même par un tiers symbolique autorise la création d'un lien dont l'enracinement ne saurait être remis en cause sauf à vouloir être mis en péril par l'absence de tiers précisément. Dans cette perspective, c'est bien entendu l'ensemble familial qui se trouve sollicité et les rapports qu'entretiennent les générations entre elles, au regard de l'enfant étranger à eux, devenant le leur sans condition. À défaut d'être reconnu, aimé, porté par des parents, l'enfant peut être renvoyé hors du champ de la gravitation universelle, hors de la pesanteur, tel un astronaute livré à la stratosphère en quête d'agrippement au premier objet qui passe et notamment à l'objet d'addiction, qui peut devenir indispensable tout comme l'a été l'appartenance au lien horizontal[1]. »

Un jour, j'ai pensé : « je » n'a pas encore d'identité. Je suis un mime de mon père, un double émotionnel et spirituel de ma mère. À la différence des enfants élevés par leurs parents biologiques, je soupçonne le mimétisme comportemental d'être beaucoup plus fort chez les enfants adoptés.

Je cesse très tôt d'utiliser les choix appris par mimétisme pour prendre mes propres décisions. Et cela commence par la tendresse. Plus de bisous ni de câlins. À dix ans, je refuse l'affection de ma mère. Je me construis petit à petit un univers où les adultes sont les méchants, où l'autorité est très souvent synonyme d'injustice, de rejet et de contrainte, où je rêve d'être tout-puissant. Ici la littérature est reine et les autres ne sont que les pantins d'une réalité qui m'est inaccessible, incompréhensible, dans laquelle je n'ai définitivement plus ma place.

1. Ombeline Ouzoux-Teffaine, « De la demande d'adoption à la réalité psychique de l'enfant » dans Aubeline Vinay (dir.), *Psychologie de l'attachement et de la filiation dans l'adoption*, pages 95 à 108, Dunod, 2011.

Je cesse de créer du lien affectif, cela provoque chez moi un trouble profond, plus ou moins conscient. Et me conduit droit vers l'addiction. Je n'échappe à rien, je suis, comme nous tous, conditionné.

À dix ans donc, me voilà déjà complètement détaché du cocon familial. Je fume du hash et m'éloigne ainsi des émotions, des chocs créés par l'environnement du foyer. J'ai trouvé la parade : planer… Je suis un astronaute qui tente par moments de se raccrocher au champ gravitationnel de la réalité.

CHARLY

Je sais que c'est pas vrai, mais j'ai dix ans. Chaque soir avant de m'endormir je prie pour me réveiller blond aux yeux bleus avec un prénom américain. Il y a cette bande dessinée qui m'obsède : *Charly*. Il a six ans, il perd son père puis est obligé de déménager. Il se rebelle contre tout, défie l'autorité, s'enferme dans un monde imaginaire. Un beau jour, son vaisseau spatial, un simple jouet en plastique, se met à lui obéir et le défend contre les adultes qui tentent de lui imposer leur volonté.

Au matin c'est chaque fois la même chose : je pleure comme si je portais en moi la douleur de tout un univers : je ne suis pas blond ! Alors je n'écoute plus ce qu'on me dit, c'en est fait des adultes et de leurs considérations. Dans mes rêves, je m'appelle Charly.

COUR D'ÉCOLE

Je suis ami avec Peter et son demi-frère Sony. Avec Isidor et ses trois frères, avec Dedel, et les autres. Ils sont noirs, arabes, antillais. Ils ont déjà conscience de leur différence. Cette société ne leur ressemble pas assez. J'apprends à leurs côtés.

Ma mère me répète que ces gamins-là ne sont pas fréquentables, qu'ils ont sans doute des problèmes à la maison, que cela en fait des enfants perturbés et instables. Elle craint leur mauvaise influence sur moi. Mais moi, j'adore être avec eux, comme dans la chanson, je veux être rebelle et je m'y emploie discrètement. Avec eux je déconne, je ne vois ni vice ni menace. Ils ont beau être plus agités et plus turbulents que la moyenne, ce que je sais, moi, c'est que leurs bulletins scolaires ne reflètent pas leur intelligence.

On a un très grand appartement, les goûters d'anniversaire sont prétextes à rassembler, alors ma mère les invite chez nous, peut-être qu'il y a là de quoi leur faire vivre autre chose, une ouverture sur un monde plus apaisé, leur montrer d'autres horizons, au moins pour un après-midi. Cela la rassure aussi sans doute de les savoir sous sa surveillance. Ce sont des moments de rigolades, certes parfois chaotiques. Ils sont indisciplinés, violents. Comme des enfants. Lorsqu'on partage des jeux d'équipe, une défaite entraîne immanquablement des insultes, des gestes brutaux. Le futur révélera bien plus de différences.

Et puis j'entre en sixième à Georges-Brassens, le collège du quartier, juste en bas de la maison. Il y a mon frère, ma sœur, tous les copains de primaire, et des nouveaux. Thamer par exemple, qui m'approvisionne parfois en cannabis, et Chérif avec son frère Saïd. Je fume des joints, des joints dans des clopes, j'appelle ça des « fantômes » : je vide une cigarette afin d'obtenir un tube, mélange le tabac avec du hash et je remplis à nouveau le tube. Je ne sais pas encore faire de collages.

Je suis délégué de classe, j'ai de très bons résultats. De la fenêtre de ma chambre, j'ai vue sur la cour. C'est l'époque des premières barrettes de shit, des premiers biz, je vends ou plutôt j'échange des CD gravés.

Notre famille est parmi les seules à posséder plusieurs ordinateurs. Mon père, qui travaille pour une société franco-allemande, fait régulièrement l'acquisition de matériel de pointe et j'apprends à monter un PC, installer des logiciels et pirater des disques. Je fume des joints, je plane toujours plus haut dans les airs. Je me suis affranchi de la gravité.

Ça fonctionne un temps, ça fait taire la souffrance, ça l'assomme. À la maison personne ne voit rien. Enfin c'est ce que je crois…

Début de cinquième, je quitte le quartier. Sous prétexte de pratiquer le grec et une troisième langue vivante. Ma mère parvient à m'inscrire à Montaigne, dans le 6e arrondissement.

Tout va de travers chez nous. Les disputes au sujet de mon frère aîné sont quotidiennes, il a quitté le collège où il se faisait racketter régulièrement. Il est maintenant aux Francs-Bourgeois, un établissement strict, religieux, privé. Il s'y sent mal, subit le racisme au quotidien. Il passe ses récréations seul avec un livre assis dans un coin de la cour. Ses résultats chutent et c'est ce moment que choisit mon père pour commencer à le terroriser. Il le frappe chaque soir en rentrant à la maison. Pendant un trimestre. Il pense sans doute avoir trouvé *la* solution pour voir les résultats de mon frangin remonter.

C'est peine perdue, ça ne fait que le traumatiser davantage. En fin d'année, c'est l'heure de la communion solennelle. Nous venons assister à la messe. On peut entendre la respiration du voisin tellement le silence est pesant. Un cortège de jeunes communiants traverse l'église et des chants commencent à s'élever dans l'espace froid et sombre. Mon frère est là, dans son aube. La cire du cierge qu'il tient coule sur ses doigts. Il ne bouge pas, ne grimace même pas. Et il se met à chanter comme s'il était soudain envoûté, touché par la grâce. Je n'arrive pas à y croire. Tout ça c'est du flan. Quand je repense à ce qu'il m'a raconté de cette année aux Francs-Bourgeois, je n'ai qu'une envie : leur balancer de la cire chaude en pleine gueule à tous et renverser l'autel sur le prêtre. De toute façon mon frère va quitter le collège. Il s'est fait virer et ça l'arrange. Ce sera bien mieux, les copains sont toujours là et moi aussi.

MONTAIGNE

Changement de décor et changement de fréquentations. Quatrième C classe européenne : allemand première langue, anglais, espagnol, grec. Poussé par ma mère, j'évolue à présent dans le Quartier latin. Chaque matin, je prends le RER B pour descendre à la station Luxembourg.

Dans la poche, mon baladeur et deux cassettes Metal-xr sur lesquelles sont enregistrés *L'École du micro d'argent* et *Paris sous les bombes*. Je connais chaque chanson par cœur. Ce sont mes filtres, des hymnes au monde d'où je viens. Un monde où on est mélangés, où entre enfants ça parle chinois, arabe, créole, wolof. Un monde où certains ont des parents qui ne parlent même pas le français. Un monde où l'on signe par des croix dans les carnets de correspondance.

Dans le Quartier latin, pas de cités, majorité blanche, les immigrés sont souvent fils et filles de diplomates. Pas de trafic, on parle correctement, et sans accent, surtout pas verlan. Mes amis ne s'appellent plus Peter, Thamer ou Saïd, mais Édouard, Pierre, Robin.

Souvent, je sèche la cantine. J'ai une technique imparable pour filer sous le nez des surveillants et rentrer juste avant qu'ils ne ferment les portes. Je peux ainsi remonter en classe incognito. Parfois on se fait prendre, alors je signe moi-même les mots d'absence à la place de mes parents ou les heures de colle que j'effectue en secret. J'ai deux exemplaires du carnet de correspondance : un pour la famille, un pour les profs. J'imite à la perfection la signature de mon père et j'utilise même un stylo-bille effaçable au cas où on viendrait à découvrir la supercherie. Je modifie dès le premier jour l'emploi du temps que j'ai collé au-dessus de mon bureau à la maison de façon à couvrir plus d'heures que je n'en passe au collège. Ma liberté est précieuse.

Avec Sisi, un garçon métis, et Ksem, l'un des plus imposants élèves de quatrième, un mètre quatre-vingt-cinq et déjà pubère, on passe la pause de midi à fumer, courir les rues, faire du patin à roulettes ou même lancer tout ce qui nous tombe sous la main depuis le balcon de Sisi qui donne sur le terminus du bus 38, porte d'Orléans. Il y a Charles aussi, qui n'est pas dans ma classe, mais que je croise toutes les semaines en cours d'espagnol. Parfois à la récré. Je l'aime bien il est marrant, seulement voilà il me fait complexer.

Un après-midi où on traîne tous ensemble au parc, les flics nous tombent dessus.

— Bonjour, contrôle d'identité, qu'est-ce que vous faites là ?

Et chacun de sortir un carnet de correspondance, un passeport abîmé, ou une vieille carte d'identité. Sisi et moi passons tout de suite à la fouille. Ksem aussi, il fait bien plus âgé. Quand vient son tour Charles annonce qu'il n'a rien pour justifier son identité, dit qu'il s'appelle Thomas, qu'il habite le quartier, deux rues derrière. L'un des policiers note dans son carnet les infos que Charles égrène tout en souriant avec beaucoup d'assurance. Il ne se passe rien. Les trois agents repartent comme ils sont venus. Ça me révolte. Nous on a droit à la fouille, à l'affiche en pleine journée au milieu de tout le monde, et lui que dalle ?! Qu'à cela ne tienne, je lui pique son blase, et dorénavant en cas de contrôle je l'utiliserai. Comme ça, c'est réglé.

*

On fréquente aussi un certain Jean-Marc, qui squatte nos joints et nos clopes. C'est un SDF dont la camionnette reste en permanence garée juste à côté du collège. Certains disent que c'est un type louche, il ferait des avances aux filles, peut-être même aux garçons. Je ne me risque jamais à le suivre jusque dans son antre pour aller fumer. C'est vrai : qu'est-ce qu'il fout là tous les jours à zoner ? On le traite de pédophile et on l'éloigne régulièrement à coups de pied, de vannes et d'insultes.

Je vis ma petite vie tranquillement, loin des embrouilles quotidiennes de la maison. Je suis en paix pour la journée, j'en profite, je multiplie les expériences. Je découvre ce que sont les punks, les anarchistes, Kurt Cobain et le style grunge. Je passe pour un petit caïd. Je vais jusqu'à cogner la gueule à un type du lycée. C'est vrai qu'à leurs yeux à tous, un minot de quatrième qui se roule des joints à l'intercours, parle le verlan et n'a pas peur de se battre avec un gars de deux ou trois ans de plus que lui, ça fait désordre.

Le type en question a sa petite réputation, Il a joué gamin dans un film à succès, *Génial, mes parents divorcent !* Il est beau, friqué… Et ce jour-là, ce crétin d'un mètre soixante-quinze pousse le petit mec d'à peine un mètre cinquante que je suis. Je proteste, il m'insulte, me gifle. Alors rodé à quelques techniques de judo, que je pratique depuis plusieurs années, je le déséquilibre, le balaie au sol et lui envoie des coups de pied. Le pauvre est tellement surpris qu'il encaisse sans broncher. Je ne me gêne pas pour le dérouiller. J'en profite même un peu. On nous sépare et un de mes camarades, choqué par la scène à laquelle il vient d'assister, tente de me raisonner. Je ne prends pas la peine de m'enfuir, ça pourrait mal tourner pour moi. Le bellâtre est nettement plus costaud, mais je suis enragé. De toute façon je n'ai pas de remords : marre des blonds aux yeux bleus. Je n'ai pas la cote avec les filles, je ne corresponds pas aux critères en vigueur martelés par la télé, la mode, les médias. Je cherche ma place. Alors oui, il paye pour tout ça. Évidemment personne ne me chope, le bruit ne fait que courir. Et je me taille une belle petite réputation au passage.

Il y a aussi cette prof de biologie, Mme Saïd, qui me prend en grippe dès la rentrée. Elle me vire de la classe au moindre bruit, tout est prétexte à m'exclure. Après discussion dans le bureau de la principale avec ma mère, une conclusion s'impose : Mme Saïd est raciste et je finis par être dispensé de cours de SVT pour le reste de l'année. Et l'heure de permanence devient l'occasion de jouer au poker avec les grands du lycée.

Je continue à filouter, échapper à la surveillance des adultes, que ce soit au collège ou à la maison. Et je passe en classe de troisième. Puis finis par me faire virer et changer à nouveau d'établissement pour arriver à Saint-Martin-de-France, un internat chic et cher. À la seule condition que je redouble. Pas grave, j'ai un an d'avance, on n'y verra que du feu.

SAINT...

Ma nouvelle vie peut commencer à Pontoise, dans un domaine immense. Il y a tout autour des habitations un parc délimité par des murs de pierre, une petite forêt, des terrains de football et de rugby, un stade. Je suis chez les curés.

Mon cul, oui.

Boîte à fric. Les gamins sont de la haute. Ils sont fils de ou petits-fils de. Il n'y a presque pas de filles. Dans ma classe, elles sont deux. Livia la Portugaise avec ses bagues et son sourire gêné et Caroline, la moche aux genoux cagneux et aux oreilles décollées.

Je rencontre Delep, mon opposé socialement. Il est baron, je viens d'un quartier. Dans sa famille, on cultive la pomme de terre de père en fils et on joue au billard français dans l'un des salons du château. Dans la mienne, on touche les allocations familiales et on achète les promotions au supermarché pour pouvoir partir au ski. Je parle le verlan, il vouvoie sa mère. Le week-end je tutoie la rue et la délinquance, lui fait du voilier. Je suis fasciné. Peut-être même amoureux. Chaque matin, avant d'arriver en classe, j'ai la boule au ventre, hâte de le retrouver. On a des places attribuées à l'année et par chance, je suis assis à côté de lui. Il est grand, beau, blond et musclé fin. Toujours ce modèle qui me frustre autant qu'il me hante.

Il y a aussi Tom, un Colombien adopté, comme moi, et Jo, un mec du 19e, un blond aux yeux bleus avec une morphologie d'Africain.

Là-bas je m'éloigne encore un peu plus du tumulte familial, je vis en communauté, je rentre seulement le vendredi vêtu de mon uniforme : costume cravate et chaussures en cuir. Sur la poche gauche de la veste un blason vert et noir aux armoiries de l'internat.

Je me suis mis à jouer au rugby, nous allons jusqu'aux championnats de France scolaires. Il faut dire que notre entraîneur, Maurice, y est pour beaucoup. Il a une oreille dont le lobe a été sectionné au cours d'un match par un adversaire affamé. Blessure de guerre. Il est petit et très agile. Il court vite. Pour l'impressionner, je vise le meilleur. J'ai la rage du mec qui veut tout arracher. Je plaque fort et je plaque bien. Le sport, voilà ce que j'aime là-bas. La discipline, l'uniforme, le catéchisme, tout le reste me fait chier.

En fin d'année j'obtiens le prix de biologie, qui m'est retiré pour raisons disciplinaires et sera finalement décerné à la seconde sur la liste après moi, Caroline. Puis je me fais à nouveau virer. J'en conçois une forme de joie. Fin du calvaire. Finalement le sport, c'est bien, mais marre des codes vestimentaires et des curés, vive la mixité. Je retourne au quartier.

SWEET SIXTEEN

J'ai seize ans. Il fait chaud, c'est le début de l'été. Shir, Belir, Bouboud, Houari et Mimi ainsi que quelques autres tiennent un secteur qui va du 140, rue de Belleville à la rue Piat. Ces mecs-là, c'est l'équipe de la Banane, un quartier du 20e.

Je passe mon temps libre chez l'un d'eux, Houari. Je kiffe, je fume à mort. Je suis le plus jeune de la bande. Celui que l'on ne soupçonne pas. Je sers de garantie.

Ils se sont imposés parmi les dealers les plus solides du nord-est de la capitale. Ce jour-là on est chargés, bloqués dans les embouteillages, le long des Buttes-Chaumont.

On est assis à l'avant de la voiture. « On », c'est Bouboud et moi. Un garçon rondouillard d'environ vingt-cinq ans. C'est le boss, le cerveau de la bande de la Banane.

Bouboud sort de la voiture, le ventre gonflé, la veste à moitié fermée. Il se dirige vers une autre caisse en face, dans la file inverse et ouvrant sa veste, décharge quatre kilos de shit sur les genoux du conducteur. Ça a duré une minute. Il revient vers moi, souriant. Je dois avoir l'air choqué, parce qu'il croit bon de préciser :

— Plus c'est flagrant, plus ça passe.

Tout a commencé quelques mois plus tôt dans la cour de l'immeuble où nous vivons les parents et moi. Avec les potes du lycée, on y vient parfois le midi pour fumer. À la fenêtre, un type allume ostensiblement un gros joint et nous observe. Puis m'interpelle. Il me propose de venir chez lui, il a tout ce qu'il faut. J'y vais le soir même, à la fin des cours. Il m'accueille très gentiment, me sert un café, me parle business. Dans le même appartement il y a sa femme, une petite grassouillette qui parle libanais et anglais, son frère, Chouche, un type taciturne, schizophrène, et sa mère, une vieille à la mine renfrognée. Lui, c'est un véritable dealer. Pas un mec qui fait ça sans savoir, un vrai trafiquant. Un gros réseau transite par chez lui.

À l'époque j'ai la coupe afro, alors où que je me trouve, j'ai pris l'habitude de ramasser le moindre cheveu que je fais tomber. Je ne touche jamais aucun contenant autrement qu'avec mes manches et j'essuie même mes empreintes. Ça fait marrer les gars là-bas de me voir aussi parano.

Je suis hyper méfiant. J'y retourne pourtant les soirs d'après, et les suivants, entre la fin des cours et 19 heures, heure à laquelle ma mère rentre du boulot. Je finis même par y aller le matin avant le lycée. Café, bédo, une énorme barrette dans la poche et me voilà parti pour une journée. C'est comme ça tous les jours. Je file de quoi fumer à mes potes, je deale à peine.

Je consomme le soir, dans les chiottes, le nez collé à la bouche d'aération. J'y planque mon joint lorsque je ne le termine pas. Ensuite je vais me laver les mains en faisant comme chaque fois qu'on sort des toilettes, hygiène oblige, ça masque l'odeur. Les parents n'y voient que du feu. Je fume de plus en plus souvent à la maison et ça fait un moment que ça dure. J'avais commencé au collège, je faisais ça tout seul mais seulement de temps à autre. À présent c'est quotidien, je me lève et me couche en fumée.

Au lycée, je suis distrait. À la maison, l'ambiance est de plus en plus chaotique. Mes parents ne cessent de se disputer, de se battre, de nous hurler dessus. Il faut dire que mon frère et moi, on est tout sauf des gamins faciles.

Je suis officiellement « en formation » chez les grossistes de la Banane. J'ai vite pigé donc j'accélère la cadence. Le truc c'est de revendre au double du prix quel que soit le produit. Suffit de trouver où le vendre, à qui. Je gère. Trop en fait, ça finit par peser tout ça. Je commence à développer les attitudes de la parano inhérente au métier : être vigilant, se méfier, avoir des yeux dans le dos, ne jamais se relâcher. L'équipe s'organise, on passe au stade supérieur. Au lieu d'aller jusqu'en Belgique ou en Hollande chercher de quoi revendre en France, on aménage une pièce de l'appartement de Houari, ainsi qu'un grenier de pavillon à la campagne chez un contact et on y plante des boutures. Plusieurs variétés de skunk.

Avec de la technique, au fil des mois, tout ça devient une petite fabrique. Quand j'en ai le temps, je passe mes journées à regarder les pieds pousser et à planer sous weed. Le business est pour ainsi dire *florissant*. Tout le monde s'enrichit beaucoup plus vite. Avoir sa plantation c'est risqué, mais ça évite les voyages à Meda. Et on sait exactement ce qui pourra être vendu et en combien de temps. Ça devient mathématique. On deale beaucoup plus de volume, bien plus rapidement.

*

Peu avant le nouvel an 2000, on rassemble les économies et on décide d'aller chercher un gros butin. Je m'occupe de compter : 200 000 francs en cash. Bouboud, Belir et Shir partent le 31 dans l'après-midi.

À l'époque, j'ai la permission de minuit et demi. La blague. C'est trop court, pas le temps de profiter à ma guise alors j'opte pour une solution plus rentable. Lorsque les trois gars sont de retour vers 22 heures, c'est la folie : des kilos de hash en blocs, de l'afghan en plaquettes emballé dans plusieurs paquets de café, de la skunk sous vide par sacs de plusieurs litres, des ecstas et même des dizaines de boutures prêtes à être replantées.

Je m'empresse de défaire les paquets et conditionne l'herbe dans de petits pochons destinés à la revente au détail. Si je me dépêche, j'aurai le temps d'aller approvisionner une soirée ou deux et d'être de retour à l'heure... Vite fait bien fait, je découpe les plaquettes, j'emballe, trace en soirée à quelques stations de métro et rentre à la maison. Il est minuit et demi. Plus de 600 euros en poche, ni vu ni connu. Rentable le nouvel an. Mon père est déjà couché. Bonne année, Maman.

Pour le reste je suis discret, rien de tape-à-l'œil, je ne vais certainement pas faire comme les autres petits dealers de mon quartier qui affichent leur réussite : pas de baskets – ma mère m'interdit d'en porter sauf les jours de sport. Pas de vêtements de marque – c'est elle qui gère les machines, elle s'en apercevrait. J'investis dans des accessoires discrets : des saphirs, j'en ai trois, 1 200 euros accrochés à mes oreilles. J'achète aussi des grenades à plâtre. Un gilet pare-balles. Qui sait si je ne me prépare pas à devenir un vrai gangster ? Et puis on se cotise avec Houari pour acheter une voiture, une vieille 205 boostée. Personne n'a le permis parmi nous. C'est notre salon fumoir. Enfin et surtout, il y a la photo. Je m'achète des pellicules sans compter. Je n'ai alors qu'un vieil appareil argentique, un Pentax Spotmatic F, un boîtier des années 1960 dont la cellule ne fonctionne plus. J'apprends. Je fixe mes propres idées dans le cadre. Ce que je vois en face, c'est le reflet de mes idées. Enfin en théorie.

Je pourrais écrire qu'il y a aussi les filles. Je suis comme tous les garçons de mon âge, je voudrais découvrir, comprendre, toucher ces corps qui m'obsèdent. Mais avec les filles c'est différent, je suis avant tout une oreille. Je suis archicomplexé et ça me demande beaucoup d'efforts d'aller vers elles. J'ai peur de reproduire la violence familiale, peur de ne jamais être à la hauteur. Je me vautre dans mon petit confort de dealer, c'est plus simple : fumer et planer en solo. Loin, toujours plus loin là-haut.

SOIXANTE-QUINZE ZÉRO 19

J'ai bientôt dix-neuf ans. Je maîtrise les rouages. Je suis le petit prodige de la bande, celui qui fait de l'oseille comme personne. Un bel avenir m'est promis.

En parallèle, il y a les études : Staps, université René-Descartes, Paris-V. J'aime toujours autant le sport, et j'ai toujours voulu faire de la compétition, devenir un grand champion. Dans le fond je sais que ça n'arrivera jamais alors je me fiche de ce diplôme, ce que je veux c'est la liberté. Être autonome et kiffer.

Mais putain : qu'est-ce que ça fume un sportif !

Il m'aura fallu moins d'un an pour contrôler le réseau de deal de la fac. L'argent est tellement facile que je paye des vacances au soleil puis au ski à ma copine de l'époque. Je lui achète ce qu'elle veut. La vie est belle.

Au bout de deux, je lâche la fac et prends un boulot à mi-temps à la Fnac. Je me paye des cours de dessins. Je deale encore. De toute façon je ne vois plus l'intérêt de courir après un diplôme en sport. Je me fous de devenir prof ou entraîneur. C'est la compétition ou rien, alors j'arrête.

JE SUIS CHARLIE

On se croise parfois avec les copains de primaire et de collège : Peter, Thamer, Chérif et Saïd. On se salue toujours, mais les temps ont changé. Ils ont l'air pris par autre chose. Par quoi ? Je ne sais pas vraiment. Peut-être les études ? Je suis moi-même bien occupé.

À mesure que le temps passe, l'échange de saluts rituel se fait distant.

Pour moi, c'est l'âge d'or des codes et des uniformes. Si je ne m'affiche jamais en jogging baskets ou en casquette et banane Costla, je ne jure que par le jean Levi's et les Clarks. Pour eux, c'est barbe et djellaba.

Ils traînent souvent du côté de Stalingrad, près de la mosquée. Ou se rassemblent aux Buttes-Chaumont. Il y a avec eux un certain Farid. Je le remarque à cause de son teint blafard et de ces lunettes de soleil qu'il arbore en permanence, ses longs cheveux aussi. Pour imiter le prophète Mahomet. C'est l'époque post-Twin Towers. Les Rebeus n'ont alors pas du tout ce style-là...

Peut-être naïvement, je me dis que c'est tant mieux s'ils ont choisi le chemin de la religion, que ça leur évitera bien du tracas. Je me remémore les gamins indisciplinés de l'époque et je les trouve assagis, sûrs d'eux et l'air raisonnable. Je me dis aussi que ma mère a eu raison de les prendre sous sa coupe, il y a parfois des chemins, des rencontres qui vous mènent à la sagesse.

Plusieurs années plus tard, lorsque la nouvelle de la capture de Peter tombera au journal de 20 heures, je verrai ma messagerie Facebook exploser. Rattrapé et capturé à Djibouti par les services secrets français, le vieux copain de primaire.

— T'étais au courant ?!

Peter Cherif alias Abou Hamza, vétéran du djihad, commanditaire des attentats de *Charlie Hebdo*. Chérif Kouachi et son frère Saïd Kouachi, auteurs des attentats de *Charlie Hebdo*. Comment j'aurais pu être au courant ? Comment j'aurais pu imaginer ça ? À ce moment-là je pense à ma mère, à ce qu'elle m'avait dit. Même elle n'avait pas idée que ça tournerait aussi mal...

SELF

Il y a cette carte postale avec la mention « Îles Grenadines » que ma mère m'a rapportée du boulot et que j'ai épinglée au mur de ma chambre en me promettant naïvement : *Un jour, j'irai là-bas.*

Et ce jour est arrivé. À vingt-quatre ans je pars loin de la maison direction les Caraïbes pour une durée indéterminée. J'ai lâché mon CDI à la Fnac pour le soleil. Marre de Paris, je veux voyager. Je veux aller chercher les preuves de cette histoire que l'on m'a racontée : d'où vient mon père, qui je suis, ce que je porte en moi, et ce passé que je ne connais qu'à travers cette photo de vacances.

Six mois plus tard, après avoir navigué, volé entre plusieurs îles de l'archipel, je rentre à Paris. Je n'ai rien appris sur mon histoire personnelle.

Mais la vie ici me devient soudain insupportable, je bouge dans la foulée à Montpellier où je m'installe en colocation. Et je continue la photo.

Et puis au bout d'un an je rentre de nouveau à Paris. De là je file à Barcelone pour des vacances où je rencontre Lisek. Trop tard : je suis tombé amoureux, de retour à la maison je n'ai qu'une idée en tête : rejoindre ma belle qui vit en Pologne. Cela me prendra un an d'échanges par messageries interposées.

Et puis un soir je craque, je file à la cabine téléphonique en bas de chez moi. Je me décide très vite. J'embarque un pote au cas où ça tournerait mal, direction Wroclaw. Je suis fou amoureux, je ne pense qu'à une seule chose : être avec elle.

Lisek finit par tomber enceinte et vient s'installer chez nous à Paris. J'habite de nouveau chez mes parents à ce moment-là. La nouvelle fait l'effet d'une bombe et me voilà obligé de charbonner de façon légale.

Lisek ne parle pas français, mais elle apprend vite. Notre petite fille grandit paisiblement, malgré tout entre nous les choses se gâtent. Je sature. La vie domestique m'étouffe. J'ai pris l'habitude depuis trop longtemps de gérer mes émotions à coups de défonce. Je suis devenu une sorte de machine qui vit et pense sans plus rien ressentir pour les autres. Je dissocie le réel et l'émotion. Et ça me fait agir comme un automate : tout est mathématique, j'avance sans prendre soin de ceux qui m'entourent. Efficace, dégueulasse. On finit par se quitter. Retour en Pologne pour ma fille et sa mère. Mes parents se sont eux aussi séparés. Il était temps…

Quant à moi je partage d'abord un appartement, paye mes loyers avec l'argent du deal ou des salaires de l'intérim. Pendant la coloc j'ai commencé à sniffer de l'héro et je sens bien que ça me gagne. Je passe de plus en plus de temps enfermé seul dans ma chambre à voyager. Pisser dans une bouteille, me lever à peine pour aller acheter des clopes et rentrer planer. Sursaut brusque je vais chez mon père, que j'évite alors au maximum. Nous n'échangeons pas. Il vit le jour, je vis la nuit. On se croise parfois et je l'esquive, je ne lui parle de rien, ce qui l'arrange peut-être un peu. Il n'est pas très bavard lui non plus. Il semble détaché, et s'il s'inquiète, je préfère ne pas le savoir. Je vis comme si j'habitais seul. Je fréquente le milieu artistique. Je calme l'héro. Je carbure surtout à d'autres drogues. Défonce du matin au soir. Je ne confie ma tristesse à personne. Je reste enchaîné à ma peine. Je n'arrive pas à formuler : la rupture amoureuse, l'absence de ma fillc, un terrible sentiment d'échec. Il n'y a que la photo qui me tienne. Je ne fais que regarder les autres, me défoncer à la coke aux ecstas au LSD à la kéta et à l'alcool sans jamais faire de lien avec leur réalité, je ne suis capable que d'appuyer sur ce foutu bouton d'appareil photo dans l'espoir de créer une vision du monde qui m'entoure.

Presque trois ans de nuits d'errance et de photo, de soirées et de rencontres. Et c'est là que je fais la connaissance d'Iano. Lui, c'est l'esprit du Malin. Un tox « civilisé » qui perçoit en moi une victime de choix. Il me guide lentement mais sûrement vers la chute. Je ne vois en lui qu'une amitié bancale, un compagnon de défonce. Jusqu'au jour où, je ne sais plus comment ni pourquoi, je l'accompagne à Saint-Denis acheter de l'héroïne.

Après un shoot il me parle de crack. Je dis que je veux essayer. Je suis dans le désespoir, je ne vois plus d'issue que les drogues pour oublier ma douleur qui n'en finit pas. Je fume avec lui.

Au début c'est occasionnel, on se voit et on se drogue ensemble, et peu à peu, je me passe de lui, la défonce devient un refuge. J'ai de l'argent, je sais où aller en chercher, je le fais de plus en plus souvent seul. Et le piège se referme.

Ça fonctionne un temps. Jusqu'à ce matin de l'hiver 2011 où je me réveille avec une idée fixe : fumer. Encore et encore. Les jours se répètent et je ne pense plus qu'à ça. Seulement à ça. *Ça* a déjà remplacé tout le reste. Je suis devenu accro. Dès lors, je passe mes journées à errer. De plus en plus souvent, de plus en plus longtemps. À la recherche de quelque chose d'inaccessible : l'oubli.

Je suis pris dans la spirale en quelques mois. Lorsque j'ai de l'argent, je le dépense. Je vends peu à peu tout ce que je possède. Je vends mon appareil photo. Je me mets à voler. Excédé, et surtout impuissant, mon père me fout dehors. Mon frère vit avec sa nana, ma sœur avec son mec, je n'ai que très peu de contacts avec eux. Pareil avec ma mère. J'ai aussi bousillé toutes mes relations amicales.

Me voilà perdu à suivre les « manchards », des mecs auprès desquels j'apprends la survie. Ils savent monologuer dans les rames de métro, taxer du fric aux passants, trouver des coins abrités pour pioncer, ou encore des restaurateurs sympas pour aller changer des tickets restau contre de l'argent sans se faire taxer au passage. Surtout, éviter les embrouilles.

Bien sûr ils fument tous du crack, je le savais quand je les croisais dans ma vie d'avant.

Fini, les voyages, adieu, îles Grenadines. J'ai bientôt trente ans, toujours pas de trace de mon père, ma fille et sa mère sont parties. J'ai bien essayé de décrocher, mais sans succès. La rue est mon nouveau chez-moi : je suis SDF. Je suis toxico.

TOXICLOS

Alors voilà. Ça commence comme ça.

La descente aux enfers.

Gare de l'Est. Il est 5 heures, Paris s'éveille… Peu importe où j'ai passé la nuit, au matin, le rituel est toujours le même. À l'heure du premier métro, je descends dans les couloirs au croisement des lignes 4 et 5.

Ils sont là. Ils font les cent pas. Les toxicos. Et les modous. « Ceux qui marchent », me dit-on. Des émigrés sénégalais qui attendent le retour et se gardent bien de dire ce qu'ils font à leurs familles restées au pays. Par extension, des commerçants ambulants. Par extension d'extension, des dealers. Des Noirs, les joues gonflées par les galettes de crack.

S'il n'y a personne, je guette à une intersection. À la vue des caméras. Au milieu des usagers pressés qui filent à travers les correspondances. Je croise le regard des curieux et l'œil désapprobateur de ceux qui savent.

Une gare, ça brasse des milliers de personnes par jour, des centaines par heure. C'est tout le problème. Ça use et ça casse. Ces milliers d'yeux, de bouches, de pas, de mains tendues et vides. Ces regards fuyants, brutaux, ces mots gentils mais inutiles. Ces heures, ces jours et puis ces mois... Ça donne le tournis, c'est trop. Ça vous broie. Vous connaissez leurs horaires, ils connaissent les vôtres. À force, on finit par se détester. On se rejette mutuellement la faute, la culpabilité et la colère, et puis au bout d'un temps la haine. À force, la machine s'enraye, vous perdez pied, eux aussi...

Lorsqu'un modou apparaît, c'est la ruée, tout le monde se jette sur lui. Le pauvre ne cesse de se retourner pour vérifier qu'il n'a pas été suivi, vérifier qu'une brigade de flics ne va pas débouler au fond du couloir. Il faut faire vite avant qu'il ne se volatilise à nouveau :

— Tiens, tiens, y a quatorze là, un ticket restau et six en monnaie.

Faux, évidemment, je tente l'arnaque à chaque fois, c'est le jeu.

— Fais vite, fais vite !

Je mets la pression, dans le métro les dealers flippent et ne comptent pas, ou mal, alors je les baise. Ça ne marche pas à tous les coups.

Je regarde le modou empocher la somme, puis cracher un petit paquet de plastique jaune, violet ou vert dans lequel se trouve emballée la précieuse galette de crack – ou de médicament utilisé pour la coupe, selon les arrivages. Une fois sur deux, dans le métro, ça fume cailloux, ça goûte cailloux, mais c'est gâté. Du Doliprane avec du bicarbonate ou je ne sais quoi qui laisse un goût âcre dans la bouche et défonce complètement ou pas du tout. C'est un peu la roulette russe.

Ensuite, je file sans m'arrêter depuis les sous-sols du métro jusqu'à la surface et m'enferme dans l'un des trains à quai, parmi ceux qui partent vers Meaux, ou plus loin. Parfois, une équipe de ménage pointe son nez mais chacun sait ce qu'il se passe, alors : demi-tour. Le ménage attendra.

Il y a aussi le parking de la gare. Il faut ruser avec les caméras, les vigiles, les portes magnétiques, je m'y connais, rien ne me résiste ! Les chiottes publiques ne sont pas loin non plus. Pas celles de la place, non non, trop bruyant. Et puis quand on sort défoncé, qu'on renoue avec le monde civilisé les yeux éclatés, l'air ailleurs, à moitié parano, c'est ingérable. À l'intérieur, le moindre bruit rend fou, les tremblements de la chaussée sont une menace, le moindre frémissement provoque dans la tête une boucle infernale : coup de pompe dans la porte qui s'ouvre, officiers de la BAC en civil, matraque à la main. Quant au banc sur le carrefour en face de la gare, à la vue de tous, c'est ce qu'on appelle un abus. Là au moins on voit ce qui se passe autour, et si on est remarqué eh bien, on fait comme si.

L'emploi du temps d'un junkie varie en fonction des besoins et de l'énergie, mais quoi qu'il arrive aux alentours de 11 heures, après trois ou quatre allers-retours pour se procurer les petits cubes blancs à faire fondre sur la grille de nos doseurs, tout est terminé. Plus de modous, il faut aller acheter ailleurs.

STRAZ

Strasbourg-Saint-Denis. Même schéma qu'à Gare-de-l'Est. À l'intérieur, les annonces du métro s'enchaînent. À l'extérieur, ça grouille, ça piétine au passage piéton, les gens s'acharnent à passer au vert quand il faudrait s'arrêter. La taxe marche au rythme des allées et venues, des tickets restau et des refus. Il est bientôt midi et je suis fatigué. Alors je fais équipe, à deux, parfois à trois.

Avec deux euros, certains s'achètent de l'alcool pour la descente : ça aide et ça coupe la faim. Une bière ou un joint à défaut d'un caillou supplémentaire...

Les pièces rouges, on les met de côté ou on les jette. On garde la mitraille pour la tise ou un briquet. Un bien précieux : il en faut deux à trois quotidiennement.

J'ai la peau du pouce et de l'index brûlée à force de frotter la roulette sur la pierre.

Dans la station, le dédale de couloirs avale les flots de voyageurs, les aspire dans les trains, puis les laisse agglutinés contre les vitres des wagons. Les portes s'ouvrent : les voilà nez à nez avec la faune toxico sur le quai, tête recouverte par un pull pour éviter les courants d'air et tirer sur une flamme droite, ou bien plantée sur les marches entre deux correspondances. Demi-tour : le spectacle est écœurant, souvent effrayant. Moi aussi je me dis que c'est gênant, ils font la société, et nous on la détruit. Est-ce qu'on a plus peur de vivre que de mourir ? Sûrement. Alors ça bouchonne au carrefour des correspondances, là où les junkies se postent pour guetter le modou, là où la police, les « bâtards », les rambos de la GPSR ou la gendarmerie se posent. Pas pour attraper les dealers, mais pour réguler la circulation : la lutte contre la drogue, ils disent qu'elle est inutile.

Je peux faire l'aller-retour une dizaine de fois par jour sans être inquiété. Les riverains sont usés par le spectacle, cela fait des années que ça dure, et le quartier est même passé en zone de sécurité prioritaire. Traduire : ras-le-bol, peur et dégoût, les interventions ponctuelles de la police ne suffisent plus, alors sur réquisition du procureur de la République, la guerre aux consommateurs est déclarée. Le Grand Paris se prépare, de l'intérieur vers l'extérieur. C'est ça, faire la guerre à la drogue ? Faire disparaître les consommateurs sans donner suite ? Dire qu'ils sont la cause, non pas la conséquence ? Il y a fort à parier qu'elle est déjà perdue, cette guerre. De toute façon il se passe la même chose à peu près partout au nord de la ville.

LA COLLINE

Bienvenue dans la Bordure. Sur l'échangeur du périphérique et de l'autoroute A1. Entre Saint-Denis et Paris. Porte de la Chapelle. Hors les murs, hors champs, hors temps, hors circuit, hors secteur, hors normes. Entre les voies. À même la terre, sur la pente… la Colline.

Ici, on change de dimension. On tue par haine, par vengeance ou par intérêt. On tue pour survivre. On tue pour tuer. Ici, la durée de vie dépend de l'autre.

La Colline a des yeux. À l'entrée des guetteurs, des modous, des rabatteurs.

Pas d'eau, pas d'électricité, de la poussière.

Une entrée, une sortie seulement.

Sans interruption, les échanges se font au rythme effréné de la centaine de drogués qui y entrent et qui en sortent. Les modous bossent par roulement : équipe de jour, équipe de nuit. Armes, capuches, cagoules. Ne pas se foirer, montrer sa faiblesse ou vriller. Consommer. C'est le *game*, c'est pire que la rue la Colline. Le jour, tout semble d'un instant à l'autre pouvoir s'embraser. Le jour c'est l'horreur, la nuit c'est l'enfer. Je ne pense pas avoir vu pire. À part peut-être une zone de guerre.

La nuit les phares des automobiles déchirent la pénombre. Les touristes de l'hôtel Ibis tout proche hâtent le pas. Leur a-t-on dit qu'ils logeraient au pire endroit de la ville ? Comment auraient-ils pu savoir ? La réalité de la Colline est absente des cartes. Elle aspire, apparaît, bouge, disparaît. Tue.

La nuit, c'est noir, psychose et survie. On croise des ombres et puis des monstres, des loups et puis des chiens. Des rats. Peu d'humains.

J'y vais le moins possible, je préfère encore traîner sur le boulevard de La Chapelle. Là-bas même si ça craint au moins je respire. Sur la Colline, j'étouffe, j'étouffe de pouvoir crever en un claquement de doigts. Je ne suis pas le seul à penser ça. La plupart des gens un peu sensés entrent et sortent sans faire de pause. Sinon c'est du suicide. Pas d'échanges superflus, on ne sympathise avec personne sur place même quand on se connaît. Faut entrer sortir tracer. Et même comme ça c'est toujours risqué. Les femmes qui traînent là-bas tapinent et se font aussi violer. Les hommes sont brutaux. Ce sont les plus musclés, les plus sauvages, les plus vicieux. Il faut au moins ça pour survivre sur un talus entre deux voies rapides.

Chaque semaine les éboueurs passent. Ce sont des tonnes de déchets qui disparaissent alors dans la puanteur.

Et un beau jour, sous les immondices, un corps. À la Colline, on dort sur des ossements recouverts par des ordures.

À la porte de La Chapelle, la Colline fournit des mendiants, l'échangeur, des voitures avec des automobilistes à qui on taxe parfois quelques centimes, les associations de rue, des repas. Tout fonctionne finalement.

Derniers arrivés : les migrants. Demandes d'asile rejetées, mises en attente… Vivre sans perspectives, forcément, ça pousse à abdiquer. Comme tout le monde au démarrage, ils résistent, savent que c'est mal, que c'est dangereux, que tout sauf devenir un zombie. Certains finissent par traverser les voies. Fin du voyage. Ils meurent parfois, écrasés sur le périphérique. C'est malheureux. C'est la Colline.

LA ROTONDE

Un petit no man's land en plein Paris. Là-bas, je me promène, chargé ou défoncé, en toute impunité, dans un périmètre compris entre les deux barrières de la place. Celles qui mènent au bâtiment circulaire.

En début de soirée, tout le monde est regroupé dans les zones d'ombre, là où les lampadaires sont éteints. Plus on avance dans la nuit, plus on s'affiche. Reste à guetter les intrusions à peu près discrètes des civils venus s'installer au milieu des habitués, soit pour zyeuter, soit pour acheter. Et celles des bleus en voiture ou qui traversent le pont à pied.

De temps à autre, une descente de flics. Ils arrivent par petits groupes. Coup de sifflet : la récréation est finie, « Il faut quitter les lieux, messieurs ! » Alors c'est l'exil. Jusqu'à l'autre côté de la place.

La rue, on s'y suicide à petit feu et en public, on la prend cette liberté. On révèle au grand jour l'échec, on crie au secours.

Là où je traîne, ceux que je fréquente, tous sont porteurs du germe de la mort. C'est transmissible sous toutes les formes. Accident, violence, suicide, ou pire : pour de l'argent, à moindres frais. Un kiff ou deux pour une bagarre, un cassage de gueule en bonne et due forme ; deux ou trois galettes pour piquer un type ; avec une lame, un tournevis. Parfois, c'est même gratuit. Lorsque la communauté, les dealers, les clients, lorsque tout le monde est d'accord, alors on meurt. Personne pour vous défendre, on ne discute plus. Oui, parfois, il y a des mecs comme ça qui tuent, parce qu'ils ont trop fumé, trop bu, ils tuent. Ils tuent gratuitement, ils tuent par pulsion. Les yeux dans les yeux.

La rue, c'est là où le crime a lieu. Un soir donc, le mec vrille.

Il m'avait déjà décrit comment tuer un homme, avec les détails. Comment frapper un crâne par l'arrière avec un bâton, et puis le voir éclater. Plus vaguement, il m'avait parlé de son enfance au pays. Mais ce soir-là, il est en crise. Je sens son âme maléfique sortir de son corps et envahir l'espace autour de nous. Personne, non personne n'aurait pu le raisonner. Lui c'est un type que je croise tout le temps, dont je me méfie comme de la mort, et pour cause. Un type puant et sournois, un type que je hais au fond de moi.

Là-haut, sur les marches de la Rotonde, il me hurle dessus parce que je l'observe. Cette nuit il va passer à l'acte, une lame de vingt centimètres cachée dans la manche. Son regard… Il cherche une victime et puis il agit. Brusquement il se lance contre un autre mec, une première fois. Le plante dans la poitrine. Le blessé fuit et se traîne au bas de l'escalier. Ensanglanté. Il fait quelques pas et s'effondre sur la place. Côté Jaurès. Trop de sang. Pompiers. Brancard. Ils restent sur place. C'est trop tard. Quant à l'assassin, il a déjà disparu dans la nuit.

Le lendemain soir, ça recommence. Il s'en prend à plus fort que lui. Le vise en pleine poitrine. Sauf que cette fois-ci, on se jette tous sur lui. Dans la bagarre, il plante mon voisin, un grand Africain. Tout va très vite. Je suis derrière lui. Je m'approche pour l'examiner. Je voudrais le soigner. Il se retourne brusquement. Il a failli me cogner. Je montre mes mains, vides. Il a une entaille sous l'omoplate. Je l'accompagne au bas des marches, le convaincs d'aller se faire examiner chez les pompiers, au Point Éphémère. Il se méfie, il a peur. Pas de papiers. À la caserne, on nous pose quelques questions. Je réponds à sa place. Ils comprennent vite. Et puis ils le font monter dans un fourgon et l'emmènent à l'hôpital. Dans les yeux du grand Africain je lis la peur. Je lui fais signe : tout ira bien.

Je le recroise quelques jours plus tard. Sain et sauf. Il m'alpague et me rend en souriant la veste que je lui ai prêtée. Lavée. Puis il me tend quelques cailloux. Je refuse en souriant à mon tour. J'ai cassé l'engrenage. Nous ne sommes plus le dealer et le consommateur. Nous sommes un visage pour un visage.

Depuis, je traîne ces images, difficiles à évacuer, plantées comme des échardes de métal dans la cervelle. Douloureuses à chaque pensée. Désormais nous sommes ensemble, reliés par mon souvenir. Il n'aura fallu qu'un regard puis un geste de sa part pour m'enchaîner à sa propre folie. Moi qui peine si souvent à créer du lien, ce moment est ineffaçable.

DANS LES ÉTAGES DES PROFONDEURS

Douce nuit, sainte nuit…

Une vieille bagnole aux pneus crevés. Et nous aussi, encore un peu essoufflés. On a couru un huit cents mètres entre la tirette de la poste et le troisième sous-sol du parking de ladite poste, à Riquet.

C'est Noël. On vient de faire un coup. Blondinet a braqué un vieux au distributeur, je faisais le guet. Ça a duré quelques secondes à peine. Blondinet, c'est un mec un peu chétif, dont on ne se méfie pas et que je connais à peine. Un tox furtif qui va et qui vient sans jamais s'arrêter ni parler à qui que ce soit. Il a l'air d'être tout le temps sur ses gardes, avec tout le monde.

Nous voilà assis dans une bagnole abandonnée. Blondinet, côté passager, compte les petits cailloux.

— Deux pour toi, trois pour moi…

— Ah ouais ?

— Ouais, c'est carré t'étais avec moi, t'aurais pu te dégonfler !

Je colle un rocher, je tire… j'aspire la fumée et je décolle.

Le poto s'y est bien pris : il est arrivé par-derrière, a demandé au vieux je ne sais quoi, histoire de l'avoir bien en face, et il a chopé les billets dans sa main. Ensuite on a bombardé à travers les Orgues de Flandres, derrière la poste, foncé dans la cage d'escalier du parking, traversé les étages comme des balles, pour s'arrêter tout en bas. Là où personne ne va. Où même les flics ne s'aventurent pas.

Je continue de planer. Est-ce qu'on a des remords ? Pas vraiment. Je sais qu'à ce moment je suis en train de perdre pied, j'ai parfois des scrupules, mais je me refuse à y penser.

Le parking, j'ai eu l'impression d'y être descendu un jour et d'en être ressorti trois mois plus tard. Je n'ai plus d'endroit où dormir, alors je vais voir les types qui font la manche en bas de chez moi dans le 19e, sur les quais de la ligne 5, entre les stations Ourcq et Jaurès. Ce sont eux qui m'emmènent là-bas. Sous les cités de Riquet, entre la poste et le Centquatre. Trois mille mètres carrés de squat. Il y a ceux qui dorment dans les cages d'escalier, ceux qui le font entre deux voitures, ceux qui s'allongent le long du mur. Ils se font dégager de temps en temps mais finissent tous par revenir.

Parmi eux, je tombe sur Moussa. Avec lui je dors et je fais les quatre cents coups. Avec lui j'apprends à survivre dans la rue. On finit par composer une petite équipe avec deux autres gars comme nous, Blondinet en fait partie. Car il est impossible de s'en sortir seul.

Le parking, c'est le lieu des rebuts. Ceux qui ne sont ni capables de voler, ni capables de se battre, pas prêts à assumer toute la violence de la rue. Les plus âgés, les plus fragiles, les femmes, les vieux.

Les squats « réguliers », les immeubles désaffectés, les box de parking ou les cages d'escalier discrètes sont protégés.

Le parking, c'est une odeur, terrible. Un usagé civilisé du parking chie dans des sacs en plastique pour les balancer dans des coins inoccupés, au mieux dans les poubelles de l'étage, et pisse dans les grilles d'évacuation. Les autres se contentent de faire quelques mètres pour se soulager. Si par miracle on se lave, c'est avec des lingettes désinfectantes. Côté bouffe, vu l'odeur qui règne par endroits et que ce n'est pas si courant de manger, alors mieux vaut sortir.

Le parking, c'est un espace sans pièces mais avec des secteurs. Là c'est chez nous, là c'est chez eux. Et on ne bouge pas. Parce que dès qu'on bouge, c'est la guerre. Un matelas, c'est un nid à poussière, à microbes, à puces, à pisse quand un type décide de te faire enrager. Seulement c'est moins dur que le sol. Et ça se vole en moins de deux.

Dormir, c'est comme pour les animaux, il faut se cacher. Avec Moussa on dort toujours ensemble. Pas la nuit, c'est jamais tranquille. Et ce qu'on cherche, nous, c'est la tranquillité. La tranquillité et la chaleur. On dort assis. Dans une voiture. Nous deux ou à quatre. Jamais seuls. Ceux qui dorment seuls n'ont plus rien à perdre.

RITALINE

Un matin, ou était-ce une nuit, je suis tiré du lit par une voisine. J'ai dormi sur son palier. Je tente de lui expliquer. La rue, les difficultés. Comme si elle savait déjà tout ça, elle compose le 17 sur son portable. J'entends déjà les mots résonner : police, contrôle, pièce d'identité. Avant l'arrivée des flics, elle m'apporte des gâteaux, un café. Quelle connerie, la culpabilité. Je n'en veux pas. C'est trop facile maintenant qu'on s'est parlé.

Alors je n'attends pas, je trace. J'ai la dalle. J'ai appris que la rue est famine. Mais j'ai les poches vides.

Plus tard, je tombe sur des types apparemment organisés. Des toxicos qui font les trois huit pour subsister. Je les suis jusqu'à Télégraphe, partage ma ressource en échange d'un matelas. On est chez un troisième individu que je ne connais pas lui non plus. Toxicos. L'un d'eux se fait un fixe de Ritaline et se rate.

Ça devient risqué. Sentant sa trachée de plus en plus comprimée, il panique, s'étouffe. En voilà un qui prend la tangente immédiatement mais appelle les pompiers. Sans aucune compassion pour notre camarade, mes deux autres comparses continuent de se défoncer.

Puis on frappe et je mate. Ce sont les pompiers. Les mecs sont paranos, ils refusent de répondre. Il faut leur ouvrir, je ne veux pas en voir un de plus clamser. Et puis je leur explique que ces messieurs préviendront la police si on refuse de les laisser entrer. Avec la fatigue, le ton monte. J'en traite un qui me défie de régler ça « comme des hommes ». Je vais donc me chausser pour descendre dans la rue et l'affronter face à face.

Feu !

Je prends un coup derrière la tête et mange la porte en face. Trop tard, ils sont déjà deux sur mon dos.

Le troisième s'approche et m'arrose de gaz poivré. Je hurle, il hésite. Je lui arrache l'objet des mains et tabasse mon voisin. Mais ils sont encore deux.

Nouveau hurlement :

— Couteau ! Couteau !

L'un de mes adversaires s'élance à la cuisine et revient d'un pas décidé. Un objet tranchant brille dans sa main.

Je me redresse, renverse un meuble, entrouvre la porte et tente de m'échapper, à moitié chaussé et dévêtu.

La porte claque, je dévale l'escalier. Adieu, les enfoirés !

Au sortir de l'immeuble je tombe nez à nez avec la police. Je saigne beaucoup. On se connaît. C'est la BAC du 19e. Pas besoin d'explications, ils me font monter dans le véhicule des pompiers. Puis les flics décident d'aller à l'appart. Ils ont la rage. Pour une fois, ils veulent m'aider. Je les accompagne, je n'ai plus rien, même mes chaussures, tout y est resté.

On grimpe. Je suis derrière eux. Ils frappent. Ils gueulent :

— Police !

Silence. Rien à faire, ils n'ont pas de mandat. Personne ne peut entrer. Alors, on repart. Direction l'hôpital.

Pas de papiers. Je suis SDF. C'est gratuit. Me voilà soigné.

On me file une paire de godasses trop petites. C'est l'hiver, dehors il neige, j'embarque un drap de lit.

Leçon à tirer : parfois il vaut mieux être seul plutôt que mal accompagné.

VOLEURS

Le soir, il y a du monde qui sort, il y a des gens bourrés, il y a des trucs à faire. Sortie de fac, sortie de lycée, bars et restos qui ouvrent. Des cibles.

Parce que les jeunes achètent plus facilement du cannabis ce sera un sachet rempli d'herbes, pourvu que ça ressemble à de la marie-jeanne. Faut leur faire faire ça en pleine rue :

— Dépêche-toi, t'es mineur, si on se fait attraper, moi je vais en prison.

Ça les stresse, ils filent 20 euros… Une fois le billet en poche, on est tellement pressés d'en finir qu'on oublie de leur donner le sachet. Alors ça rechigne, mais le mal est fait, ils sont baisés. Ils ne peuvent pas crier au scandale :

— Je viens d'acheter de la weed, je me suis fait arnaquer !

Ça, c'est bien de le faire trois, quatre fois, entre 18 et 21 heures.

Ensuite c'est la pause, le moment de fumer tout ce qu'il est possible de fumer. Enfin dès que vient le manque, regarder l'heure, ressortir et faire la tournée des boîtes de nuit. Au Rex, attraper un mec, lui fourguer du Dafalgan – ou pire. Après avoir gratté un mur blanc, avoir récolté ça dans des pochons, l'emmener dans une petite rue à l'abri des regards et lui donner. Si là encore ça chipote, faire appel à un pote et à son grand couteau. Il ne s'en servira jamais mais bon, il fait un mètre quatre-vingt-dix, il a un regard noir, un visage marqué de cicatrices.

Les cartes bleues aussi, ça se vend bien. Et les papiers d'identité – uniquement ceux des Noirs. Parce que parmi tous les mecs qui traînent dans la rue, il y en a plus d'un quart sans papiers qui voudra acheter des cartes d'identité. Les cartes Vitale aussi c'est la manne. Parce qu'en les associant à des ordonnances, on peut récupérer un maximum de méthadone, du Skenan, du Subutex.

C'est la nécessité qui pousse à agir. L'éthique, il faut la mettre de côté. Si tu commences à cogiter parce que tu sais que tu vas aller voler un Noir pour gratter des papiers d'identité, c'est-à-dire voler un type un minimum intégré, pour aller en « intégrer » un autre, sachant que celui qui a perdu ses papiers, il ne risque pas de se désintégrer, alors t'es foutu.

Dans le milieu du crack, rien n'a réellement de valeur. Que le caillou. Tout a une durée de vie limitée à la prochaine galette. Au début, c'est impressionnant, mais comme pour tout dans la vie, on s'habitue. Rien ne dure vraiment longtemps.

DE LA VACHE QUI RIT

Qu'est-ce que je peux en manger de cette pâte blanche sans goût, salée et collante. Ma mère m'avait pourtant prévenu :

— Ce n'est pas du fromage au sens gastronomique du terme.

À ce moment-là, pas les moyens d'autre chose de toute façon. À ce moment-là j'entre au supermarché, je vole des boîtes. J'arrache les couvercles je presse et j'aspire la pâte sans retirer l'aluminium.

Je fonce à travers les rayons et je me sers : pain, rillettes de thon, rillettes de thon, rillettes de thon. Vache qui rit, Vache qui rit, Vache qui rit. Faut être rapide et agir devant tout le monde. C'est ça, voler. Saucisson halal. Ne pas oublier les potes. Ça fume du caillou, mais ça ne mange pas de porc et ça ne boit pas d'alcool… C'est ma tournée, c'est gratuit, c'est Franprix qui paye. Je ressors chaque fois les poches blindées, les bas de pantalons enfoncés dans les chaussettes ; ça fait réservoir. Le tout caché sous un second futal. Je me permets même de gueuler quand on me chope à la caisse :

— Manger c'est la vie, voler c'est survivre !

À la fin de la phrase, un ou une cliente, excédé, courageux, gêné, nous paye une partie du repas.

Mon grand-père, lui, détestait La Vache qui rit. Mon grand-père a fait la guerre. Il a été fait prisonnier et s'est évadé deux fois. Lors de sa seconde évasion, avec quelques camarades, épuisés, affamés sur la route qui menait vers la France, ils sont passés par la Belgique. Un train de marchandises bombardé, éventré, abandonné leur a servi d'abri. Ils y ont trouvé des chaussures, des lacets et… de La Vache qui rit. Il s'est gavé à en vomir trois jours durant. Et a continué la route qui l'emmenait vers ma grand-mère. Mais ça, il ne le savait pas encore.

Chaque fois qu'il trouvait une boîte de Vache qui rit dans le réfrigérateur familial, il la jetait aux ordures. Je ne comprenais pas pourquoi… Et puis j'ai fini par faire comme lui.

CBÉBÉ

Charles. Blanc-bourgeois-éduqué. Pas le genre à zoner la nuit à Stalingrad ou à la Colline pour fumer du crack.

Ce surnom, dans la rue, c'est Shaïma qui me l'a redonné.

J'ai pourtant toujours pensé qu'il valait mieux la vérité plutôt qu'un mensonge. On ne pourrait pas m'accuser d'un délit que je n'avais pas commis si je pouvais prouver que j'étais bien celui que je disais. Et si jamais j'étais interrogé, on verrait bien que : « Je n'ai rien à cacher, monsieur l'agent. »

Ce prénom, Charles, je l'utilise depuis le collège.

Il est des usages auxquels il faut se conformer, comme être quelqu'un d'autre que sur le papier, ça évite tout système de balance. Si tu ne sais pas tu ne peux pas dénoncer. Aussi, chacun porte un surnom qui lui confère une identité plus marquée parce qu'elle est un statut avant tout. Il faut bien que je me fasse un nom moi aussi. Charles. Parce que pour *eux* je représente ce petit bourgeois qui vient s'encanailler.

Mais revenons à Shaïma, qui m'a rebaptisé.

— Tu t'appelles Matthieu, toi ? Pfff... Charles, ouais !

— Non, je m'appelle Matthieu en vrai.

Elle insiste, morte de rire :

— Bah quoi ?! Matthieu, Charles, c'est pareil, non ?!

Et voilà qu'elle se marre de plus belle.

Shaïma, licenciée en histoire-géographie, plusieurs fois maman, a environ cinquante ans. Ses enfants ont été placés. Je l'ai déjà vue une fois à Laumière, dans un local à poubelles avec un type bourré. Je voulais entrer pour fumer à l'aise, ils m'en ont empêché. Sur le moment, je n'ai pas compris pourquoi.

Je la rencontre plus tard à Riquet. Au parking. Un après-midi où je cherche un endroit pour tirer une taffe tranquille. Je descends la pente qui mène au sous-sol, m'arrête à l'angle qui me masque à la rue. Je tire, j'inspire à fond. Bloque ma respiration. Fusée... ! Feux d'artifice, ça explose dans ma tête. Soudain, une porte claque, j'entends des pas. Aux aguets, je retiens la fumée encore un instant, défais ma ceinture histoire qu'on me croie occupé à pisser. J'allume une clope pour pouvoir exhaler et masquer la fumée que je peine à retenir. Quand les regards deviennent trop curieux, une fois la taffe aspirée et la pipe rangée, on a l'air de fumer une banale cigarette. Y a bien une odeur qui traîne, mais pour un non initié, ça fait la parade. Avec les condés aussi, d'ailleurs. Bref, à ce moment précis, une petite bonne femme maghrébine fait son apparition, le pas vif, pourtant claudiquant. Chaussures à la main, elle m'inspecte de haut en bas :

— Qu'est-ce qu'il a à me mater comme ça, celui-là ?! Bah quoi, t'es un keuf ou quoi ?! Qu'est-ce tu fous là ? Faut pas venir ici, en plus je te reconnais, t'es un fumeur toi aussi. Tu te rappelles, je t'ai déjà viré une fois à Laumière. Tu t'acharnes ?

De nouveau des pas. Un mec se pointe. Le même qu'à Laumière. Il me regarde à peine, trace sans un mot. Je me tourne vers Shaïma :

— Tu veux une taffe ?

Je rattache ma ceinture. Elle me jette un regard méprisant. Je lui tends un billet de 20, elle répond scandalisée :

— Non ! J'ai pas besoin de toi pour fumer, je le gagne mon argent moi, tu crois qu'on faisait quoi là ? Qu'on jouait aux cartes ?!

Je me sens con avec mon billet à la main.

— Allez, viens, Charles, je vais te montrer comment on va faire. C'est moi qui te paye une taffe…

Elle finira par m'appeler Matthieu, comme tout le monde. Mon véritable prénom, je ne le cache pas. Sauf avec les inconnus croisés au hasard. À ceux-là aussi, il faut mentir. Shaïma applique toujours scrupuleusement la règle devant des étrangers. Le retour à « Charles », c'est un signal pour me signifier que quelque chose cloche.

Comme cette fois où j'attends seul devant une Sanisette. Le cycle de nettoyage ne va pas tarder à prendre fin et depuis trente secondes je compte déjà mentalement le temps qui me sépare de ma première bouffée. Elle me tombe dessus sans que je la voie arriver, me prend par le bras et faisant mine de m'embarquer lance bien haut :

— T'es mon client préféré, Charles, on va faire ça ailleurs, dans un endroit que je connais, c'est plus confortable tu verras.

Je suis un peu angoissé, j'ai quelques taffes à fumer planquées sur moi, et pas du tout envie de me déplacer. Finalement devant son insistance, je déscotche et lui emboîte le pas. Le type que j'avais repéré appuyé nonchalamment sur un mur depuis à peu près autant de temps que moi se dirige aussitôt vers nous. Pressé que j'étais je ne me suis pas méfié, mais sa rapidité de mouvement m'alerte et je zyeute autour. Sur ma gauche, à moitié masqué par une voiture, je repère un autre mec. Et soudain je sens une main qui m'attrape le bras. Quelqu'un est arrivé par-derrière et me tire de côté. Pas surprise du tout Shaïma le salue :

— Qu'est-ce que vous foutez là ?

Je reconnais le mec qui m'a chopé le bras. C'est un civil. Une main sur mon col, de l'autre il me maintient fermement par la manche. Mentalement je commence déjà à désespérer et je sens ma première taffe qui s'éloigne de plus en plus. Je n'ai aucune envie de passer à la fouille ni de finir en GAV. Au moins ça m'évite d'être pris en flagrant délit, d'être débusqué en pleine montée par un coup de pompe violent dans la porte avant d'être malmené et tiré à l'extérieur des chiottes en un clin d'œil. Y a rien de pire. Je me raidis malgré moi... Je tâche de masquer mon stress. Je prends un air détaché et je bredouille :

— On se promène...

Le blond mate ses collègues et balance :

— Je le connais... c'est bon.

Et il enchaîne :

— Dégagez d'ici, on ne veut pas vous voir traîner sur l'avenue... Allez au parc !

On déguerpit sur-le-champ. On prend la première à gauche direction le jardin d'Éole. Sauvés ! Je passe un bras autour des épaules de Shaïma et la serre contre moi.

— Oh ! du calme ! Espèce d'idiot, t'allais te faire serrer. Vous êtes tous pareils quand vous avez envie de fumer, vous vous foutez du reste, y a plus que ça qui compte. T'as de la chance que je t'aime bien, j'aurais pu aussi bien tracer tout droit.

Charles, donc. Dans la rue comme ailleurs, faire face aux a priori. C'est toujours la même chanson. Moi qui croyais que la rue était à tout le monde.

LE HOMARD

Salambi, dit « le Homard ». On l'appelle comme ça à cause de sa façon de se déplacer, de s'approcher sur le côté, la main cachée sous le bras opposé, en pince pour mieux saisir délicatement l'objet convoité. Tout ça avec la tête à peine tournée, et les yeux qui roulent.

Salambi, mon compagnon de route épileptique. Il est né et a passé une partie de son enfance en Algérie. Puis il est arrivé en France à huit ans pour y être soigné. Direction Belleville. Tout le reste, comme pour tous ceux que j'ai croisés, est un mystère.

Salambi passe pour fou. On dit de lui que c'est le genre de type qui vous conduit droit en prison parce qu'il n'en fait qu'à sa tête, parce qu'il se fiche des conséquences. La prison ne lui fait pas peur. Et puis il se met rarement en colère, rit de tout, ou presque.

Il est ingérable, électrique, différent. C'est un kamikaze. Une tête brûlée qui connaît la rue par cœur et n'obéit à aucune règle. Il vole sans s'arrêter : tout, tout le temps. Les rues sont pour lui de grands champs fertiles où il n'y a qu'à se baisser pour ramasser.

Il est doué. Instinctif. C'est l'as des as du vol à la tire, un pickpocket de génie. Il a des mains magiques, des combines improbables, un aplomb sans faille et une confiance en moi absolue.

On agit selon un mode opératoire précis : le « dos à dos ». Il entre dans un café, dans un bar, un restaurant. Choisit une victime au hasard, mû par je ne sais quelle mystique, repère un sac. On s'assoit tout proches de la table visée, puis on commande des boissons. Au début, je suis terrorisé à l'idée de ne pas pouvoir régler les consommations. On est SDF, on n'a pas un rond, mais il me rassure. On est assis l'un en face de l'autre, lui dos à la victime. Je joue le miroir. Son pied sur le mien, on feint une conversation. À mon signal, il glisse les mains dans les poches de la veste derrière lui. Parfois, il fait simplement glisser le sac jusqu'à nous, le vide et le replace ensuite. En cas de danger, je dois soulever doucement son pied pour prévenir.

Carte de crédit, portable, passeport, argent. Les objets glissent sous la table. Je mets le tout à l'abri dans mon caleçon. Sur mes indications, Salambi continue ou interrompt son petit manège. Ensuite je paye nos verres avec l'argent des victimes. Il faut agir vite. Et partir discrètement.

Les jours où ça marche moins bien, au bout de trois ou quatre cafés visités, on est soûls et on quitte le territoire de chasse pour aller manger, fumer, parfois louer une chambre d'hôtel qu'on ne parvient pas à occuper plus d'une heure ou deux. On s'y douche et on fume, et alors ça recommence. Plus possible de parler, d'échanger, chacun enfermé dans un nuage de fumée, dans des pensées sombres. On ressort – tout ça est plus supportable à l'extérieur.

On ne parle pas beaucoup lui et moi. Il a sa propre langue, mélange d'expressions imagées qu'il a inventées, d'arabe, d'argot et de français. Il conjugue tout au pluriel, personnifie les objets. Pourtant, je le comprends. J'envisage ce qu'il est, au-delà de la misère, de la délinquance et de la rue.

Un soir où il gobe trop de cachets et boit plus que de raison, on s'arrête devant un restaurant qu'il a repéré. Je me méfie, je le sens trop entamé, il a les yeux qui roulent plus que d'habitude, un air un peu fou. Mais ce soir d'hiver on a trop besoin d'argent, de fumer, d'oublier la galère. Un peu désespéré je cède.

Il est tard, c'est bruyant, bondé, pourtant on nous installe à une petite table près du comptoir. Nous voilà assis avec des bières et des chips. Le manège peut commencer.

À ma gauche deux hommes, des quarantenaires, sans doute un couple. Salambi commence à s'affairer, je vois bien qu'il peine, sa dernière bière l'a achevé. Il parvient cependant à tirer un de leurs sacs jusqu'à nous. Je garde mon calme. Le couple ne cesse de nous observer. Je capte par-dessous la table un porte-cartes, un téléphone, pas de porte-monnaie. Je les entends parler, préviens Salambi plusieurs fois, ils ne vont pas tarder à décoller. Il ne m'entend pas, trop affairé qu'il est à vouloir replacer le sac.

Soudain, l'un des mecs se lève, cherche au sol. Trop tard, il l'aperçoit à nos pieds. Il va falloir trouver une parade, et vite.

Salambi prend un air ahuri. Je connais cette attitude, il croit pouvoir jouer au débile, gagner du temps et filer. En une seconde, je ressors de mon caleçon le téléphone, le cale sous la table, en équilibre sur une barre qui relie les montants et m'esquive vers les chiottes pour planquer le reste. Lorsque je remonte des toilettes, le couple encercle Salambi. Le barman et le cuisinier me tombent dessus. À ma droite, je vois le patron du restaurant foncer vers la porte et la fermer à clé. On est cuits. Un des deux amoureux hurle sur mon pote, tandis que le second est accoudé au bar, en train d'appeler la police.

Le commissariat est à peine à cent mètres. Le barman m'empoigne et me dirige de force vers les sanitaires. Je tente de négocier. Il me répond calmement mais à son intonation, je comprends que c'est perdu. Il déniche lui-même le porte-cartes que j'avais caché au fond de la poubelle. Il insiste, fouille derrière le cabinet de toilettes. Lorsqu'on remonte, quatre mecs de la BAC sont déjà là. Devant eux, les victimes en rajoutent. Il faut qu'on morfle.

Au commissariat, on passe à la fouille. Dans mon sac, il y a des vêtements, une couverture, quatre pipes à crack plus ou moins neuves, de petites lames de cutter destinées à gratter et récupérer les résidus de cocaïne à l'intérieur du tube pour les refumer ensuite – c'est plus fort. Le policier n'a pas besoin d'explications, pourtant, il me questionne. Dans le bureau d'à côté, j'entends Salambi baragouiner. Le verdict tombe : comparution immédiate. On risque du ferme, les condés m'ont prévenu. Tout ça pour un téléphone et deux cartes de crédit qu'on a dû restituer. Je devrais flipper, regretter, pourtant je suis en colère.

Direction la cellule de garde à vue. On nous a séparés. Salambi hurle des consignes à travers la cloison.

— Je te chante la chanson. Et toi tu chantes comme moi, comme ça y aura pas de gratin. Ça va cuire tout seul à la procuration, si on se trompe avec la menteuse on finira au château… !

Il faut que l'on ait la même version des faits. Bien vu l'artiste mais on n'est pas tirés d'affaire.

Au total, ce seront quatre-vingt-seize heures de GAV, plus une soirée et une journée au dépôt dans les cellules du palais de justice. Tout ça dans huit mètres carrés, souvent à trois ou quatre, à dormir par terre avec ou sans matelas dans la puanteur et la crasse. Sans savoir s'il fait jour, nuit, si la bouffe sera servie.

Je me contiens. Je fais le tour de ma cellule en comptant mes pas, technique que j'ai mémorisée en lisant un bouquin. Je ne sais plus lequel. J'ai peur de basculer. À l'extérieur ça braille, ça cogne contre les portes en fonte. Ça tonne lourd, dur, ça sonne le désespoir. Je tourne en rond, je lutte. J'entends parfois le bruit des verrous qui coulissent dans les portes. Je me dis qu'on va bien m'ouvrir pour me nourrir à un moment. Puis je perds complètement patience et je cogne à coups de pied contre la porte en fer.

— Gardien ! Gardien !

Mais personne ne vient. Je commence à perdre les pédales.

On finit par m'ouvrir pour m'emmener menotté à travers les sous-sols du palais. Cinq bonnes minutes et le trajet s'achève. J'ai au moins pu respirer.

Un étage plus haut, je suis finalement conduit dans un bureau puis assis dans une pièce qui sent le vieux parquet face à un grand monsieur à lunettes, le crâne dégarni. Le procureur de la République. Sur son bureau, il fait glisser jusqu'à moi un papier imprimé. C'est la déposition des victimes. Il aurait suffi d'avoir un peu de pitié. Ils nous ont chargés. On est de la pire espèce, le genre d'individus dont la société doit par tous les moyens se protéger, on mérite une peine exemplaire.

Le procureur insiste sur la sanction, m'assomme, requiert six mois de prison. Je plaide ma cause, je n'ai pas eu de condamnation jusqu'à maintenant. Il n'en a rien à foutre, hurle, m'ordonne de signer. Je tiens bon.

Je ressors du bureau menottes aux poignets. Nouveau transfert. J'atterris dans un box, face à l'avocate commise d'office. Elle est jeune elle aussi, plus jeune que moi. Plus de menottes. Elle me parle de mes droits, de ce qu'elle voudrait faire pour m'aider. Il faut que je communique alors je tâche de m'expliquer au mieux. Je raconte le début de l'addiction, la rupture sentimentale, familiale et la chute, je dis que j'ai besoin d'aide, que je suis prêt à me soigner. À cet instant précis, j'y crois.

Elle prend fait et cause pour moi, je la sens sincère, tant mieux : elle est ma seule alliée.

Aucune trace de Salambi, je ne sais pas où il en est.

Dernier transfert, et je le retrouve enfin. On nous interroge de nouveau, je plaide notre cause mais le juge me jette en une phrase. J'assiste aux réquisitoires des deux parties sans bien comprendre si on va nous enfermer.

L'avocate est toujours de notre côté, elle réclame une peine moins lourde et une injonction de soins. Bien joué, maître. Nous voilà libérés. On retourne s'enfumer quoiqu'un peu plus conscients que notre avenir est tout de même assez flou. Va falloir penser à s'en sortir à un moment ou un autre sinon on finira de toute façon enfermés ou pire… Et je suis certain de n'être pas prêt à ça.

BIZ BIZ ET BOULETTES

Il m'a demandé cent grammes tout de suite. Ce type est venu me voir dans les vestiaires après une conversation au sauna avec des mecs du quartier et m'a demandé si je fumais, si je consommais d'autres trucs et si j'avais des plans pour acheter en grosse quantité. Et comme ça, au jugé, je l'ai senti capable. Donc je n'ai pas réfléchi, je l'ai laissé parler et je l'ai coupé. Finalement, je lui ai dit que c'était pas la peine de parler, que je l'emmenais avec moi et je l'ai conduit directement derrière, en sortant de la salle de sport, là où on trouvait ça. Je suis allé voir Boulette, le binôme de Biff, sous sky et coca, bédo H24. Je les connaissais pas si bien mais je les voyais tous les jours, ils vendaient « au parc », le jardin d'Éole à Stalingrad, en mode furtif, sinon ils étaient postés rue d'Aubervilliers. Chacun son terrain.

J'avais déjà compris pas mal de trucs en dealant, j'étais au courant des règles. Ce que je ne savais pas, en revanche, c'est que le dealer avec qui je venais de brancher l'inconnu de la salle de sport allait tomber juste après.

On est sur la ligne 12 à errer en quête d'une dose. Je ne sais même plus avec qui. Ça fait quelque temps que je galère en allers-retours sur la ligne de métro en espérant tomber sur une « embellie », quand je vois Boulette qui entre et s'assoit face à moi quelques sièges plus loin. Un signe de tête, il me fixe et s'approche ; je flippe pas, à ce moment-là je vois simplement qu'il est défoncé comme moi, et ça m'étonne. La règle : quand tu vends, c'est que tu ne touches à rien.

— Ça va ?

— Ouais pépère, en angoisse quoi.

« Être en angoisse », dans le jargon, c'est faire face à la crise de manque qui suit une consommation. Ça dure plus ou moins longtemps. La solution pour redescendre, c'est d'éclater un pack de bières ou une bouteille d'alcool fort. Fumer du Subutex, prendre un cachet de morphine.

Je souris avec lassitude. Je suis à bout.

Il fait mine de ne pas comprendre, puis me glisse :

— T'es avec qui là ? T'es seul ? Si t'es seul, tu viens je te mets bien.

J'hésite, je ne le connais que très peu. Puis j'opine et je lâche les autres. C'est aussi ça, la galère. À chacun sa chance.

Boulette chope un modou et dégaine une liasse. Il est blindé. Je le soupçonne de sortir du placard.

Arrivés à une chiotte publique, on entre, on parle un peu. On fume beaucoup. Quand soudain il balance :

— Tu sais, ton gars, là, il est revenu et la fois d'après il nous a soulevés. J'ai pris un an ferme. C'était un keuf.

Mon intuition était bonne. Est-ce qu'il m'a isolé pour me planter sa vengeance en pleine taffe, couteau dans le ventre, ou doseur éclaté dans la bouche ? Je lui demande, l'air assuré :

— Comment ça, un keuf ?

À l'époque je n'avais rien dit, mais ce type-là, dans son sac, il avait un flingue. Une arme automatique, un exemplaire d'assez gros calibre, chromé. Il était jeune, souriant, n'était pas très grand mais musclé sec, genre un peu ninja avec des petites lunettes de vue. Quand je lui avais fait la remarque, il avait balancé une réponse toute faite :

— Je bosse sur des chantiers et récemment y a eu des embrouilles alors je fais gaffe.

Le keuf prenait beaucoup de came, genre une fois par mois, j'aurais dû me méfier. Cent grammes par mois ça fait 4 000 euros à l'achat, soit plus du double à la revente. Boulette m'avait refilé une taffe :

— Oublie vas-y, bédave, y a rien.

Boulette est aussi épuisé que moi, il a dû traîner dehors, passer un max de temps à fumer sans dormir ni manger. La chiotte sonne. Une voix de femme : « Attention ! La porte va s'ouvrir automatiquement dans deux minutes. Vous avez utilisé le temps maximum autorisé. »

Retour à la rue. Boulette s'arrache sans même un au revoir. Quant à moi, je peine à rester debout sur mes jambes. Ça tremble là-dessous. Je sens bien que je viens d'échapper à un drame…

REPOSE EN PAIX

MOUSSA OMAR TANGARA

J'ai un véritable ami. Et des amis dans la rue, ça n'existe presque pas. Avec Moussa, on se fout de la gueule des vieux du parking, parfois. On leur fait des petits coups bas. On leur pique leurs doseurs et on les regarde les chercher, on déplace leurs affaires, on taxe leurs matelas…

On tape les camions du matin aussi, ceux des livraisons, quand les chauffeurs sont occupés à l'arrière ou sortis, tout simplement. Alors on ouvre les cabines et on prend tout ce qu'il y a à prendre : GPS, fringues, sac, bouffe, clopes… Une vraie chasse au trésor. Avec Moussa, on fait les quatre cents coups. Je ne connais pas grand-chose de lui. Je sais simplement qu'il est sorti de prison et qu'il n'a jamais osé rentrer à la maison. Il est psychotique et paranoïaque. Il a des crises par moments et je suis obligé de le surveiller quand il déambule dans les rues et qu'il se croit poursuivi. Il finit souvent par me demander de l'aide. Je le fais volontiers. Ça m'apprend à être vigilant pour deux.

De temps en temps, j'arrive avec de l'argent :

— Aujourd'hui, Moussa, tu ne vas ni voler ni racketter qui que ce soit. Je vais t'apporter de quoi manger. Je vais t'acheter ta came si tu veux, et toi tu vas rester assis ici.

Il adore ça. Il me dit qu'il se sent respecté, que ça lui manquait et qu'il a enfin trouvé un frère de galère.

Mais un beau jour je le cherche pendant toute une journée. Je ne le trouve plus. De retour au parking, c'est l'attroupement. Il y a les pompiers, la police et au milieu, un tas dans un duvet. Quand ils ouvrent le duvet je suis planqué à proximité. J'entends :

— Il y a beaucoup de sang, comme s'il avait recraché ses poumons. C'est sans doute une hémorragie…

Moi, je veux pas comprendre que c'est lui. Mon ami. Que c'est terminé. Je repars aussi sec pour trouver de quoi fumer. Sur la route, toute la journée et les suivantes, je remarque un truc bizarre. Les gens du milieu sont sympas. Ils m'offrent de quoi fumer. Je n'ai pourtant pas l'impression d'avoir changé. Qu'est-ce qu'ils me veulent ? On me le dit clairement :

— Moussa, ton pote, il est mort.

J'y crois toujours pas, je me dis : *Il est rentré chez lui et il fait croire qu'il est mort comme ça, il est vraiment tranquille.* Je me dis : *Ah, il est malin !* Et ça me fait presque sourire. Mais au village, à la Rotonde, ils tiennent le même discours. Quand je retourne au parking, rien. Pas de Moussa.

Jusqu'au moment où Momo, un type roublard, pas vraiment méchant, un ancien que je fréquente peu, m'offre une taffe, me laisse l'aspirer et au moment où je décolle me dit :

— Tu sais, ton pote Moussa, ben tu le reverras plus. Je suis triste pour toi, mais c'est comme ça.

Cette fois encore je suis dans le déni. Dans le déni de la mort, dans le refus de la vie, dans le refus de la perte de cet ami. On n'a pas eu le temps d'aller trop loin dans cette amitié, de l'éprouver.

Moussa n'est jamais rentré à la maison. Chez lui. Il n'y a pas eu de cérémonie. Ni fleurs ni couronnes. Et on n'a prévenu personne.

Une fois, j'ai eu l'occasion de rentrer chez mon père et je l'avais emmené avec moi. Pour le laver, lui montrer que c'était possible de sortir de la rue. Parce que c'est quelqu'un qui a fait en sorte que je puisse survivre dans ce milieu. Qui s'est mis entre moi et des types qui voulaient me braquer, qui m'a évité de me faire racketter, qui m'a donné de la bouffe, qui m'a montré comment on vole, où il faut vendre, comment on peut demander dans telle langue à manger à tel mec qui vend des grecs, qui m'a expliqué la différence entre la *zakat* et la *sadaqa*, qui m'a ouvert les yeux sur une réalité : nous étions des voyageurs en détresse. Des choses que j'avais peut-être entendues avant mais qui restaient de l'ordre du concept. Parce qu'il a fallu que je me retrouve dans la rue pour comprendre.

Quand j'ai accepté enfin j'ai pleuré. On a fumé à sa santé. On a versé du whisky par terre, comme on fait pour les morts. C'est tout ce que je garde de cette disparition. Ça et la culpabilité. De n'avoir pas pu le sauver. Pour tous les cailloux que je lui ai payés.

SAINT-LAZARE

Je suis résilient. J'ai grandi avec l'idée que là d'où je partais, il allait forcément y avoir du très grand et du très petit. Du très fort, du très beau et du très peu. Que j'allais devoir m'accrocher, lutter avec des idées morbides et lutter contre moi-même. Que forcément, tant que je serais vivant, il faudrait marcher avec cette énergie-là. Celle d'un damné qui traîne son boulet, partout, tout le temps. Et qui finit par s'en servir comme d'un contrepoids.

J'ai réussi à trouver une stabilité dans l'instabilité. J'ai fabriqué plusieurs doubles de personnalité, des masques interchangeables et invisibles pour les autres, des facettes pour mieux me cacher. Comme un jongleur en fin de course, je me suis épuisé.

Dépressif, drogué et masqué, j'échappe à toutes les surveillances, mais surtout à moi-même.

Il m'en a fallu du temps pour arriver à accepter l'idée du suicide. D'après Freud, il viserait inconsciemment le meurtre d'un autre. L'étymologie l'indique, « suicide » signifie : se tuer *soi-même* comme un objet, c'est-à-dire un autre.

Le premier décompte a eu lieu après la séparation avec Lisek. J'avais perdu pied et je m'étais mis à compter les jours de *down* comme on compte les moutons avant de s'endormir. Et puis je n'avais finalement pas eu le courage pour ce long sommeil, je n'avais pas fixé de date. Et puis il y a eu du mieux. Mon appareil photo faisant office d'ami et m'aidant à survivre.

Cette fois-là, je n'ai plus de compagnon de route et surtout plus d'appareil photo. Livré à moi-même dans les rues de la capitale, affaibli, je cherche la sortie. Des jours que je ne mange pas. J'ai faim, j'ai froid. Je marche sans quémander. Je n'attends rien. Je ne pense à rien. J'ai de la drogue. Quelques euros pour une bière. Jouir de ces derniers instants, voilà qui me suffit.

Passage de l'Horloge à Saint-Lazare, je trouve un canapé. Personne à bord. Je m'y installe. Deux jeunes passent, sandwichs à la main.

— On peut s'asseoir ?

Ils n'ont pas remarqué la fatigue.

— On est de passage ce soir, on file à un concert après, ça nous laisse quelques bonnes heures pour flâner. Tu veux manger un bout ? Tu connais la ville ?

— Comme ma poche !

— On voudrait voir du paysage.

— Vous allez être servis.

Je mange quelques bouchées du sandwich et je propose de grimper par un échafaudage depuis la rue jusque sur les toits.

— T'es sûr, ça va, ça risque rien ?

Nous y voilà. On est seuls, on a Paris sous les yeux.

La nuit s'en vient doucement. On fume quelques joints et on partage une bière dans le silence.

Je leur propose de partir. De toute façon, c'est bientôt l'heure, le concert approche et ils ont encore du trajet.

— Merci, mec. Mais qu'est-ce que tu vas faire tout seul ? On a compris, on n'est pas bêtes.

— Je reste ici ce soir. Je vous ai croisés, c'était un chouette moment.

La nuit est tombée. J'empile les cubes sur ma pipe et les fais fondre. La dose va être massive. J'appuie sur le briquet, l'étincelle brille, la flamme apparaît. J'aspire.

Il fait noir. Ça fera moins peur, ça fera moins mal.

J'appuie de nouveau sur le briquet. J'aspire. Je tombe…

Au réveil, il fait toujours aussi sombre. Je suis allongé. Je n'ai plus peur, je n'ai plus mal. J'ouvre les yeux. Le ciel et les étoiles ont remplacé la terre. C'est ça, le paradis ?

Je me redresse. Rien n'a changé. Sous mes jambes, le vide. Plus loin en bas, le sol a remplacé le ciel. Paris est à mes pieds.

Je me rends soudain compte que j'ai simplement faim et froid. Je suis vivant. Je me suis évanoui et j'ai roulé vers l'extrême bord du toit. Sans tomber.

Essayer c'est forcément inclure la possibilité d'un raté. Après coup c'est parfois pire. Dans mon cas, ça a été beaucoup mieux.

VAILLANT QUE VAILLE

Dans mon corps c'est l'extinction. Dans la rue c'est l'enfer. Dans ma tête le désespoir. Je suis à bout de souffle, je n'ai plus envie. Je ne sais plus où aller. Fuir la famille, quitter la maison pour la rue. Je ne sais plus quand je les ai vus pour la dernière fois... Il y a un an, peut-être ?

Je ne sais que fumer du crack, encore et encore, boire tant que je peux. Sans dormir. Jusqu'à quatre-vingt-dix heures d'affilée, parfois. Je ne trouve plus le sommeil ou seulement lorsque vient l'épuisement. Je suis malade, j'en deviens fou. Le risque c'est la mort. La liberté, enfin...

Je me suis échappé de la rue.

DOUZE JOURS

La veille, j'ai dormi sur des cartons à même le sol, devant Marmottan, un hôpital « pour toute personne concernée par des problèmes de produits licites ou illicites, ou d'addictions sans drogue ». Un grand bâtiment en briques rouges, dans un quartier chic et calme. Proche des Champs-Élysées. L'hospitalisation offre un espace et un temps de sevrage. C'est le seul établissement du genre à Paris.

Le projet c'est d'entrer en cure, de me mettre au chaud. De couper les ponts avec la misère, de prendre du repos. Bouffe à volonté-chauffage-douche-eau-chaude-matelas.

Les médecins sont des psychiatres spécialisés, les infirmiers aussi. Parmi les accueillants, d'anciens toxicomanes rompus à toutes les manies des junkies.

Enfin, ça, c'était avant, à la grande époque où le centre a ouvert. Olievenstein, son fondateur, avait décidé que les soignants seraient des médecins et d'anciens addicts. On y vient se sevrer de façon anonyme.

On n'entre pas comme ça : l'admission se fait après plusieurs rendez-vous, sous conditions, en accord avec l'équipe des soignants. La durée du séjour est limitée à deux semaines. Les places, à quinze lits.

Il y a là toute une faune extraordinaire : on croise autant de stars venues se réfugier que de gars en crise comme moi.

J'ai déjà testé. Je connais l'endroit. La première fois que j'y suis venu c'était sur les conseils de mes parents. Tous évidemment nous étions lucides sur ma situation : j'en avais assez de moi-même, et des autres, mais surtout j'avais perdu le contrôle sur mes addictions, notamment celle au crack dans laquelle je venais de tomber. J'avais plongé, c'était le moment de réagir et j'ai accepté d'être aidé. Pour la première fois. J'y suis donc entré directement, sans passer par la case rendez-vous, protocolaire, la phase d'usage pendant laquelle on construit habituellement son entrée. Cette fameuse étape qui permet, rendez-vous après rendez-vous, de bâtir un projet de sevrage, de post-cure, avec l'envie d'arrêter. C'est à ce moment que j'ai rencontré Jacques, un disciple d'Olievenstein, un ancien usager. C'est un mec qui vous lit à travers le corps, un mec au regard magnétique, curieux et puissant. Face à lui je m'étais senti bien, pas observé, en confiance.

Le jour de ma deuxième cure, j'ai de la chance, il est à nouveau là. Alors j'y vais je le suis. Il me fait entrer, sauter les étapes et me voilà enfermé. Pour douze jours. Les douze premiers jours du reste de ma cure. Confronté à moi-même sans contact avec l'extérieur, un huis clos peuplé par les démons des uns et des autres. Il faut supporter la vie en collectivité : les horaires imposés, les repas à table, les regards. Le manque. L'enfermement. Être enfermé ? Impensable. Quand on a joui de l'autonomie, des autorisations de la marginalité, on n'aspire qu'à une plus grande forme de liberté.

Je suis dans une grande méfiance vis-à-vis de tout le monde. Je dors dès que possible, épuisé et en même temps animé par un besoin de chaleur humaine. Tout ça est paradoxal, je peine à me gérer. Je suis agressif dans les échanges. Mais la limite du tolérable n'est pas franchie. Je reste poli, je ne cherche pas le conflit, je montre de la bonne volonté quoi qu'il se passe. Surtout, je sais pourquoi je suis venu ici. Quand on sort de la rue on a qu'une idée en tête : la revanche.

Sur la porte de l'entrée qui mène à l'étage, une ligne rouge symbolique : l'entrée en soins est libre. La sortie aussi. Une fois cette fameuse ligne passée, chacun peut repartir quand il le souhaite, avec les conséquences qu'il sait : la franchir dans le sens inverse, c'est recommencer la boucle rendez-vous-entretiens-délais d'attente. Dans la tête, ça met une sacrée pression. J'ai déjà vu des gens entrer dans le bureau des soignants pour réclamer de plus grosses doses de substituts, essuyer un refus, péter un câble et se mettre à hurler puis filer dans leur chambre plier bagage en deux minutes direction la rue.

Faut savoir ce qu'on veut dans le soin : mieux vaut être volontaire et taillé pour, sinon c'est l'échec.

180 BPM

J'ai trente et un ans. J'ai failli crever : une crise d'asthme non soignée, une pneumonie qui dégénère. Cette nuit-là, je me traîne jusqu'à Lariboisière. J'atterris dans une grande salle avec au moins dix autres malades. Chacun son box. Ça hurle, ça délire. Des bourrés, des camés, des types qui puent la mort. Le zoo. Impossible de dormir. Au petit matin, je me fais virer. C'est simple : je suis un tox, les urgences sont surchargées. Aucune pitié.

Je rampe jusqu'à l'hôpital Tenon. Je ne peux plus parler, mon corps est asséché, j'ai la vue trouble. Je respire à peine, tousse à en vomir. Je crache du sang. Au guichet des urgences, j'écris sur un bout de papier mes nom, prénom et ancienne adresse, numéro de sécurité sociale.

On m'allonge sur un lit à côté d'un bureau. Muscles thoraciques épuisés. Alvéoles pulmonaires au bord de l'explosion. Je suis branché : électrodes, masque respiratoire. Mon cœur s'emballe. Sur l'écran du moniteur, je lis 180 BPM. Je tousse à en perdre connaissance. Je peux palper l'inquiétude autour de moi. Je m'évanouis plusieurs fois. Je ne meurs pas.

On me nettoie les poumons à l'aide d'une sonde souple en fibre optique qui injecte un liquide semblable à la mousse du bain. Le tube passe par ma narine gauche et descend jusqu'au fond. Je vois tout sur l'écran de la machine.

Je vais rester là-bas un mois, alité la plupart du temps pendant les premiers jours. Je marche comme un vieillard, m'appuyant parfois sur les murs. Je m'agite, fébrile, je cherche des occupations. Je dois faire peur. Je vole tout, sans arrêt. Souvent, la nuit, c'est le frigo des soignants qui y passe. Voler pour manger, faire des réserves, voler pour survivre. On me laisse faire. Il m'arrive d'être virulent lorsqu'on me force à rester allongé, ou qu'on m'empêche de descendre dans la cour prendre l'air.

Je vis en autarcie au sein du service. La logique de la rue est la plus forte. Les stigmates sont là. Je ne fais confiance à personne. Je me procure moi-même ce dont j'ai besoin. Je ne suis plus habitué au matelas, alors je dors sur le sol de la chambre. La dureté me rassure. À terre, on ne peut me prendre que ma vie.

Quand je ne vole pas, je découvre la bibliothèque. Je lis des biographies de bout en bout, celles des peintres surtout : Hopper, Modigliani, Basquiat. La peinture me fascine, je cherche à comprendre l'origine de la photographie, la maîtrise de la lumière.

Je dessine sur des gants de toilette en papier que je pique sur les chariots roulants des aides-soignants. Je les colle sur les murs de ma chambre à l'aide de sparadrap. Mes dessins sont expressifs, très crus. Ça fait rire les soignants. Je leur souris malgré la fatigue.

Je ne dis rien sur moi. Je ne me plains pas. Je mets mon unique caleçon à sécher sur le radiateur de la chambre. Je sens la curiosité. Je me doute que des hypothèses circulent à mon sujet. Personne ne vient me chercher des noises.

J'ai bien donné le numéro de téléphone d'un proche à contacter, mais… J'apprends plus tard que la secrétaire a appelé ma mère. Elle n'arrive pas à encaisser la nouvelle : un an qu'on me cherche et je suis vivant. Un jour on m'annonce que j'ai une visite : c'est elle ! Elle m'apporte des vêtements propres et des livres. Puis glisse un mot au sujet de mon père. Je ne veux pas en parler.

Deuxième visite. Cette fois-ci je me rends à l'extrémité du couloir. C'est ma fille. Elle et sa mère sont revenues en France depuis un an. Dans un hôpital, on soigne. On maintient en vie. Il y a toutes sortes d'appareils compliqués prévus à cet effet. On meurt aussi. La petite est maquillée en papillon. Elle paraît intimidée et contente à la fois. Elle ne fait pas de commentaires, me pose à peine quelques questions.

Mais il se produit un événement qui va brusquement modifier le cours de mon séjour à l'hôpital. Au hasard des changements d'équipe, un infirmier pénètre dans la chambre. Je le reconnais aussitôt. Riad. On était ensemble au lycée. Je suis heureux d'avoir un visage familier à qui parler, quelque chose qui me raccroche au passé. Silencieusement, Riad m'écoute.

Je le sais depuis longtemps, je dissocie, de manière presque réflexe. J'ai d'énormes difficultés mentales à relater des faits à la première personne. Lorsque je déroule dans ma tête des événements, le scénario, invariablement, décrit un « il » fictif qui est l'objet de ce qu'il se passe. Je dois faire un réel effort pour revenir au « je » et me réapproprier un « soi ». Stratégie ou mécanisme d'évitement ? Cela arrive dans les situations où mes émotions sont trop fortes.

Évidemment, en lisant des bouquins de psychologie à la médiathèque de l'hôpital, je finis par trouver un chapitre concernant ce que j'observe chez moi depuis longtemps. *États limites et prépsychoses.* Je saisis ce qu'enfant puis adolescent je n'ai pas fabriqué, les fameux acquis qui seraient censés élaborer le passage de l'imaginaire au désir et à la capacité d'élaborer puis d'investir des projets ou encore la capacité d'être seul avec l'objet du désir, donc d'être capable de renoncer à en attendre une satisfaction absolue. En psychanalyse, c'est un fait : certaines personnes échouent dans ces transformations. Et quelle est la conséquence directe à tout ça dans bien des cas ? L'addiction aux drogues dures.

Quand je ne cherche plus à comprendre, je voyage simplement à la manière de Darrell Standing dans *Le Vagabond des étoiles.*

Un après-midi, je reçois la visite d'une psychiatre, accompagnée de son stagiaire. Il semble atterré. Je me méfie et j'ai raison. Au bout de quelques minutes d'entretien, je le vois qui me fait signe. Le verdict est tombé : je suis schizophrène et ne quitterai pas l'hôpital sauf pour être interné en psychiatrie. Lorsqu'ils sortent de la pièce, le stagiaire me jette un dernier coup d'œil, levant les yeux au ciel comme pour me dire : « C'est elle qui est complètement folle, mon gars. » Mais il est trop tard. Sans un regard pour moi, la psy s'en va, munie de l'injonction qu'elle a rédigée dans l'intervalle. J'ai déjà vu des psychologues. Je les ai exaspérés, pourtant aucun d'entre eux n'a jamais été aussi catégorique. En colère, je file au secrétariat. Cet imbécile de Riad a dû baver. Il n'a rien compris. Je demande à téléphoner à M. Lavis, un psychologue qui avait traumatisé toute ma famille au cours d'une thérapie. Ce sera toujours un repère vu où j'en suis. Il décroche :

— De toute façon vous n'écoutez jamais rien, donc par pitié pour une fois fermez-la, et faites ce qu'on vous dit !

C'est peine perdue. J'appelle mon frère. Il saura me rassurer.

Mon frère a toujours été un grand frère. Tous les deux, et séparément, on a parcouru les rues. Moi, pour me défoncer et me perdre. Lui, pour ramasser des types comme moi. Le junky et le pompier. Un soir, on est même venu me dire qu'un grand balèze me cherchait partout. Un grand balèze avec un grain de beauté sur la joue. Le même que le mien. D'abord, on l'a pris pour un flic. Mais c'était lui, ce grand frère resté mon frère dans la nuit. Là, il ne transige pas :

— Vas-y, ça te fera du bien de réfléchir. Et promis je viendrai te voir.

Je raccroche, désemparé. Je n'irai pas.

La cheffe de service est dans son bureau. J'entre et l'interromps. À toute vitesse, je raconte : la toxicomanie, le pourquoi du comment. Je défends ma cause. Sidérée, elle me regarde. On ne s'est pas adressé la parole jusque-là alors que je suis là depuis plus d'un mois. Peu importe, je vois bien qu'elle n'y connaît rien, elle me demande même le rapport entre l'hémorragie pulmonaire et mes consommations. Cette fois-ci, c'est moi qui ouvre de grands yeux et lui réponds que c'est un sujet d'actualité récurrent, un débat de société même, que tous les détails sur la toxicomanie sont donnés régulièrement au journal TV du soir. Elle a l'air sous le choc, quant à moi, il ne m'en faut pas plus : c'est l'heure d'annoncer mon départ. Elle céderait presque sauf que, discipline oblige, elle décide de m'envoyer en psychiatrie pour quelques jours. Avant le transfert en ambulance, mon frère se pointe : même discours qu'au téléphone, il est froid mais m'encourage.

Je laisse les dessins, je vais saluer les filles du secrétariat. Dans la main, on me glisse un billet de 20 et un paquet de cigarettes.

Direction Saint-Anne, puis Maison-Blanche division 20e à Maraîchers. Je ressors au bout de trois jours. J'ai refusé tous les traitements. Surprise : ma mère vient m'attendre à la sortie. Mais elle refuse de m'accueillir chez elle, sur le conseil des médecins. Elle part à droite, et moi, je repars dans la rue.

Deux semaines passent et je fais une tentative : je me pointe à son domicile. Elle me fournit vêtements propres et nourriture, et ça s'arrête là. Je tente de lui raconter la vie dehors sauf que c'est peine perdue, nous sommes devenus des étrangers l'un pour l'autre. Alors je pète les plombs, je vrille, je verrouille la porte, lui confisque ses clés et son téléphone portable. Je la prends en otage dans son propre appartement pour l'obliger à me laisser dormir sur place. Car il m'arrive de plus en plus souvent de m'allonger sur le banc en face de notre immeuble ou devant sa porte en attendant qu'elle rentre. Je suis *persona non grata*. Et elle a sans doute raison de me pousser à prendre enfin cette décision qui peut changer ma vie : me soigner.

Avec l'appui de mon frère, ma mère finira par accepter de me reprendre avec elle. Cela fait presque deux années que je suis dehors. Manger, dormir, me laver, regarder des films : voilà comment j'occupe à présent mon temps.

Je disparais souvent pour retrouver la rue, me droguer. Je me tiens tant bien que mal à cette vie que je ne connais plus. Peu à peu, je me fais à l'idée de me soigner. Condition à l'hébergement, je remplis un dossier pour aller en cure, puis en post-cure. J'ai bien pensé retourner à Marmottan mais c'est l'été, il n'y a pas de lit pour m'accueillir. Direction l'HP à nouveau.

On me refuse l'entrée sous prétexte que je n'ai qu'une addiction à soigner. Rien ne justifie un séjour à leurs yeux. Alors je vais chercher de l'aide chez notre médecin de famille. Je suis interné en HDT, comme on dit. Hospitalisé à la demande d'un tiers. Ce tiers, c'est moi-même.

HDT

On m'a confisqué tous mes effets personnels. Il me reste les livres et les magazines. Je suis en pyjama bleu et chaussons dans un espace de huit mètres carrés. Plus dépouillé que dehors, privé de liberté. J'ai tout de même le droit de circuler à ma guise entre les étages et la cour.

La première nuit, j'attaque les infirmiers lorsqu'ils entrent dans ma chambre. Je ne connaissais pas leur système de rondes. Je reste habité par le mauvais souvenir de quelques nuits difficiles dans la rue. Je cauchemarde violemment. Les somnifères ne suffisent pas à me faire dormir. Crises d'angoisse sans substituts, cette fois il va falloir les affronter. De vives décharges me parcourent. Je m'accroche. C'est mon premier vrai sevrage, c'est-à-dire celui qui va marquer un tournant.

Je sais c'est une logique de toxico, mais que voulez-vous. Mon corps est en train d'expulser toutes les toxines que j'ai absorbées.

Certains soirs, je me relève discrètement pour rallumer les chiottes et lire. Il faut s'organiser, penser à la suite : écrire une lettre de motivation pour entrer en post-cure. Le stylo mord le papier, j'ai le cerveau en bouillie, les mots sortent malgré tout. Je suis enragé.

« J'ai dû trouver qui j'étais à l'âge de dix ans. Je fumais des joints. C'est tôt, me direz-vous. En tout, j'étais assez précoce. J'avais cette profonde souffrance liée à ma naissance. Le manque de repères, l'abandon, la perte de racines, un deuil à faire. »

Ce sont les premières phrases que j'écris depuis longtemps. Et j'écris un sketch, un bon moyen pour tenir à distance l'angoisse de ces lieux chargés. Je le joue à l'heure du repas, sans prévenir : d'un coup je singe, j'imite tout le monde. Au début ça fait sourire les autres patients. Je prends confiance et je suis ensuite plusieurs fois réprimandé pour avoir causé des fous rires généralisés.

Malgré les refus répétés du personnel soignant de modifier mon traitement, j'obtiens une entrevue avec le médecin chef. Dans son bureau, je bave à cause des médicaments. J'explique comme je peux : que je n'ai pas la force de lire, qu'il faut à tout prix baisser la dose de neuroleptiques. Ils sont obstinés, ils veulent me maintenir sous camisole chimique de façon que je me tienne tranquille. Ici c'est pour tout le monde pareil : internement égale traitement. Évidemment, la décision est reportée, alors j'apprends vite à régurgiter les médicaments.

La discipline est drastique. Tout est réglementé, les soignants, tout-puissants. Il faut obéir sous peine de se voir confisquer le peu de liberté restant. J'esquive. Je me lave toujours plusieurs fois par jour, l'eau chaude me ravit. J'ai manqué de confort ces derniers temps.

Je joue au ping-pong – l'un de mes sports de prédilection pendant les phases d'enfermement. En cure, post-cure, en centre thérapeutique, il y a toujours une table et quelques vieilles raquettes.

Je rencontre Tiago et son pote Baba. Ce sont mes parrains ici. Car je n'ai quasiment rien : de la visite une fois par semaine, deux euros pour prendre des cafés à la machine et toujours pas de cigarettes. Ces deux-là me fournissent tout, y compris une vieille paire de baskets que je range soigneusement pour le jour de la sortie. Ils totalisent plusieurs années de psychiatrie alors ils sont rodés. Je prends leurs combines, leurs bons plans. La régurgitation au Coca : c'est eux.

Après un mois passé à l'hôpital, retour au bercail, chez ma mère, qui annule ses vacances d'été. En septembre, j'irai au centre de cure. Il va falloir tenir jusque-là.

Dans la boîte aux lettres, plusieurs enveloppes pour moi. C'est Lili, une jeune femme que j'ai croisée à l'hôpital. Pas d'amour, mais une connexion muette, des balades main dans la main des heures durant. Deux âmes compatissantes qui prendront soin l'une de l'autre.

Lorsque je suis seul, je passe mes journées enfermé dans la petite chambre au papier peint bleu à l'étage. Je suis toujours sous traitement. Petites pilules bleues. C'est difficile, je supporte mal l'abrutissement provoqué par les médicaments, j'ai la désagréable sensation d'être ralenti dans ma pensée. Je fais avec, il le faut. Ça ne durera pas.

À la première occasion je me débarrasse de tout ça. Je me réadapte lentement : discuter, manger à table, dormir. J'ai peur de sortir seul, peur de m'échapper pour retrouver la vie dans la rue. Alors j'accompagne ma mère partout. Au supermarché, je me promène dans les rayons, les mains vides et les bras ballants. Le self-service d'où je sortais droit comme un I et les chaussettes pleines à ras bord de victuailles est devenu une activité ménagère légale, quasi quotidienne que nous effectuons lentement, avec discipline. J'ai perdu l'habitude de passer à la caisse.

Et je continue malgré tout à disparaître régulièrement pour traîner dans la rue et fumer du crack. Ma mère s'accroche. Moi aussi, même si ça ne se voit pas. Je veux m'en sortir, elle aussi, cela prendra du temps. Ce n'est que le tout début d'une nouvelle vie.

AQUARIUS

J'habite dans le 14e un aquarium thérapeutique loué par la Croix-Rouge française pour lequel je paye un loyer symbolique. Sous ma fenêtre, une poissonnerie. Chaque jour, lorsque je franchis la porte de l'immeuble, j'ai l'impression d'être au bord de la mer. Fini, la rue. Je suis chez moi. J'ai franchi les étapes : cure, post-cure, centre thérapeutique.

Il m'a fallu des mois de volonté, d'acharnement pour me sortir de la dépendance, pour en arriver là seulement. Et ce n'est que le début. Alors à Pierre-Nicole, le centre thérapeutique de la Croix-Rouge que je fréquente, je me lève chaque matin à 7 heures tapantes et à 7 heures et 5 minutes je suis au pied de mon lit : pompes et abdos. Je commence tout petit, j'en ferai cinq chaque matin. Puis j'augmente.

Toujours pas de traitement.

Après je file à la douche et à 8 heures et quart je suis en bas, au petit déjeuner. De toute façon pour ceux qui sont en retard c'est « l'ambu », autrement dit une journée d'exclusion du centre, une journée à la rue, une journée foutue, sans autre objectif que de lutter contre les tentations, une journée risquée où on pourrait, si on le voulait, retourner consommer.

Il est nécessaire par moments de combattre, dans un système de soin étriqué et parfois incompréhensible. Un système où tout le monde sait quoi faire, vous dit quoi faire, sans jamais être passé par là où vous passez. Sans jamais avoir connu ce que vous avez vécu. La logique qui vous est appliquée à l'entrée du centre thérapeutique de Port-Royal porte un intitulé absurde : « thérapie de l'ennui ». Il faudrait apprendre à s'ennuyer pour avoir envie de s'occuper.

Malgré tout je sais que pour m'en sortir, j'ai tout intérêt à y rester, aussi j'échafaude à longueur de journée des plans pour me créer des espaces de liberté. Aller à la bibliothèque et y emprunter pour une durée indéterminée Henri Michaux, *Connaissance par les gouffres*, et *Lettres à un jeune poète*, de Rainer Maria Rilke. Trouver un travail avant même que l'on ne me l'ait proposé pour économiser de quoi payer un futur loyer. De toute façon ici je ne dépense rien à part pour les clopes.

Pompes-abdos-métro-boulot-dodo. Cinq mois comme ça, puis je gagne un peu de liberté.

Il m'a fallu me sevrer, puis me soigner, puis construire à nouveau du lien, me reconstituer un entourage et un univers à moi, loin de la conso, loin des compagnons de galère. Redevenir civilisé. J'entrevois la sortie, la fin du calvaire.

MALIEN, MALIN

Un épisode foireux dès le départ. Au vu des circonstances, c'était à prévoir. Je reconstruis ma vie. J'avance, je vais de mieux en mieux. Je suis en couple, même si je continue à rider de temps à autre. Je maintiens le cap.

Quand arrive la rupture : ma petite amie, Lucie, excédée par mes disparitions à répétition, me largue par message. J'appelle une semaine durant, sans relâche. Je vais même sonner chez elle, en banlieue, je campe sur le palier. C'est peine perdue, elle s'est volatilisée.

Bon prétexte, je m'enfonce à nouveau. Je recroise Aline, une amie de cure au hasard de mes errances. On était en couple en centre thérapeutique, on refait équipe. Ensuite, ça aussi c'était à prévoir, ça dégénère entre nous et je la perds de vue. Mais, quelques semaines plus tard, on sonne à ma porte : c'est elle. Dévastée.

Sans broncher je l'accueille : une douche, des vêtements propres, un repas chaud, un lit pour dormir.

Nuit après nuit elle me raconte. L'histoire est dégueulasse. Aline n'a plus aucune envie de s'en sortir. Elle saute à pieds joints dans la merde. Je plonge avec elle.

L'été passé elle s'est mise à fréquenter un mec que tout le monde appelle « Malien » à cause de ses origines. Le genre de rencontre dont on sait d'avance qu'elle va finir en drame. J'ai pourtant tenté de la protéger lorsqu'on était en couple, durant ces mois de toxicomanie et d'errance : *exit* tous les connards, les violeurs en puissance, et les dealers accros au cul. Je pensais qu'elle avait compris les dangers du *game*. Je pensais qu'elle savait ce genre de trucs : on ne se maque pas avec un dealer.

Et puis un jour, sur le chemin de l'épicerie, à cinq minutes à pied de chez moi, je vois ce fameux type qui s'avance dans la rue, sur le trottoir d'en face. Téléphone à la main, son attention est portée sur son écran. Je ne cherche pas à l'esquiver. Je vais même à sa rencontre. Inutile de fuir. La peur me coule dans les veines, j'ai le cœur qui s'emballe. Au moment où nos regards se croisent, il s'approche de moi d'un pas décidé. Coup d'œil sur l'écran : un plan est affiché. J'ai capté : il vient la chercher. Il a mon adresse, il sait qu'elle se réfugie chez moi. Merde ! Là, je risque gros, très gros !

J'annonce que je n'ai pas le temps, que je vais chez ma fille. Il m'attrape par le bras, m'emboîte le pas en me promettant de m'accompagner. Nous sommes dans les escaliers qui relient la rue au boulevard. Je fais volte-face, on n'ira pas, c'est tout simplement impossible. Je veux bien être roué de coups, finir à l'hôpital, mais pas la mêler à ça. Je tente de discuter. Il me coince contre un mur.

— Elle est où ? Hein, elle est où ? Viens, on y va chez toi, on va la chercher !

Il me frappe au visage, de plus en plus fort. Je ne cherche pas à me protéger, j'encaisse les coups de poing. Mentalement, j'espère qu'il va fléchir. Stupide. Il continue. Devant les rares passants qui baissent la tête, il joue même la comédie :

— Comme ça tu donnes la drogue à ma femme, hein c'est toi qui donnes ça ?! tu donnes la mort à ma femme, hein ? Je vais te tuer, moi !

C'est lui le dealer !

Je suis dos au mur, je cherche une occasion pour fuir. Sa réputation n'est plus à faire, je l'ai déjà vu démonter des types. Cent dix kilos de muscles contre… moi.

Il prend mon téléphone pour vérifier les appels. Je sais que s'il trouve le numéro d'Aline dans le répertoire, ça ne fera qu'empirer les choses. Avant de sortir, j'ai pris soin de vider le journal d'appels et d'effacer tous les messages. Mais il le connaît par cœur. Il téléphone avec mon numéro, elle décroche. J'entre dans l'épicerie pendant qu'ils discutent. Je l'observe discrètement, cherchant encore une occasion de fuir. C'est foutu, il est devant la porte. Je chuchote à l'épicier :

— S'il vous plaît, il me menace, appelez la police !

Il dit non avec la tête et me fait signe de sortir, allez dehors, pas de ça ici.

Je l'entraîne dans une direction bidon. Je repasse devant l'escalier qui relie la rue et le boulevard. Démarrage éclair ! Je saisis ma chance. Il est beaucoup plus lourd que moi, je suis plus rapide ! Je dévale les marches. Il est surpris mais il est vite sur mes talons. L'escalier est divisé en deux parties, rampe au milieu. Demi-tour, feinte, je remonte du côté opposé. À présent, il y a la rambarde entre nous. Un mètre nous sépare. Je m'arrête.

Une seconde : je le provoque, « Allez, viens me chercher ! Viens ! » Deux secondes : s'il décide d'enjamber, vu son poids, je vais pouvoir le semer. Trois secondes : il hésite, fait mine de passer. Quatre secondes : je sens la colère qui me gagne. J'ai envie de l'insulter, mais j'ai trop peur. Feu ! Je redémarre comme une flèche, il ne m'aura pas, définitivement trop lent ! Deuxième portion d'escalier, je vole au-dessus du sol, j'atterris et sprinte comme un malade. À gauche, une rue en montée, ça au moins, ça devrait le calmer. Cent mètres. Je le distance. Devant moi, une grille se referme lentement. Je me faufile, claque la porte. Stop.

Je me retourne pour l'observer. Il cherche le bouton d'ouverture. Personne n'entre ni ne sort, j'en profite pour souffler. Je le défie du regard, sans un mot. Il est enragé, menaçant. Au fond de la cour, je repère une deuxième grille puis un mur, je m'oriente instantanément. Je sais que je peux traverser et rejoindre une rue adjacente. J'escalade. Je saute. Je suis hors de danger pour le moment.

Pas de temps à perdre, je bombarde, les yeux dans le dos. Je contourne l'avenue. J'arrive toujours en courant. Personne. Je sonne à l'Interphone.

— C'est moi.

On m'ouvre. Je monte à toute allure. J'entre dans l'appart, il est 9 heures du mat. Sans explications, j'embrasse ma petite et sa mère, légèrement surprises de me voir arriver à l'improviste.

— Un café ?

GUET-APENS

Je suis allé traîner à La Chapelle encore une fois, et il m'est tombé dessus. Depuis, je marche avec une canne.

Ce soir-là je suis sur le boulevard avec les autres toxicos. Je cherche Aline. Tentative de sauvetage inutile. Je fume un peu. Je résiste très fort à la tentation. Illusion. Je finis par craquer. J'ai tellement peur pour elle. Je sais ce qu'elle vit : le cauchemar a recommencé. Au départ, elle était sa propre victime à cause de la conso. Puis elle est devenue celle de Malien. Je suis devenu la leur par ricochet.

Depuis une heure, seul, dans le noir, je guette autour de moi sur le boulevard. Quand se pointe cette trompette de Duc. Le Grand Duc de gare du Nord, vendeur bien connu de Skenan, du sulfate de morphine que les toxicos utilisent pour se défoncer. Un blanc d'un mètre quatre-vingt-quinze. Un arnaqueur crapuleux et violent. Con comme ses pieds. Et fier en plus de ça.

Il se colle à moi, côté droit, et guette lui aussi. Il ne me parle pas. Il est là planté comme une tour de contrôle. Je le sens pas. Puis il se lance dans une conversation sans queue ni tête. Un deuxième lascar s'amène et me colle côté gauche. De trop près. Carrément bizarre. Puis un troisième passe devant nous et me regarde, sourire en coin.

Je vrille intérieurement. Ça pue le guet-apens. Je sens mes jambes qui tremblent, qui risquent de me lâcher. *Tiens le coup bordel !* Je sais qu'il va se passer quelque chose de sale. Je suis prêt au pire. Bagarre, bouteille, couteau, je suis prêt à défendre ma peau. Ce fils de pute de Duc m'occupe et me distrait. Je ne le vois pas arriver. Malien, pile face à moi, jette son vélo à terre et lance un bras musclé pour m'attraper.

Chance pour moi, ses doigts glissent sur ma veste en cuir trop serrée. Je mets un énorme coup d'épaule à mon voisin de gauche, qui tombe. Je le piétine et déguerpis. Malien relance la main. Trop tard ! Je me dégage. Il tente de me saisir une dernière fois, griffe ma veste, frappe comme il peut. Je démarre comme une balle. Je bombarde. J'entends des pas derrière moi. Il s'est lancé à ma poursuite. Il court vite en fait ce connard. Je le sais cette fois : c'est la bonne. S'il me chope, j'y passe ! Je file sur le boulevard de La Chapelle. Je ne vais pas tenir longtemps. Il est déjà tard et je suis rincé. Alors je me décale sur le côté, freine sec. Feinte ! Emporté par son élan, il me dépasse. Virage à angle droit, je coupe sur le boulevard en pleine circulation : c'est quitte ou double, le feu est vert, ça passe ou je suis mort. Pas d'hésitation, c'est ma seule option.

Crissement de pneus, ça freine sévère pour m'éviter. Je louvoie entre les voitures. J'en esquive une ! Deux ! À la troisième ça tape, je suis soulevé du sol, je glisse sur un capot, roule à terre entre deux véhicules qui ralentissent. Pas le temps d'avoir mal : *Debout ! Debout sinon t'es mort !* Je me relève, jette un regard en arrière : ils sont trois à mes trousses, le connard en chef à quelques mètres. *Allez, allez ! Sinon t'es mort, mec.* Je taille sur la voie, en plein milieu. J'ai la cuisse gauche explosée, une cheville en vrac. Je sprinte quand même, *allez allez !* Cinquante, cent mètres, la distance entre nous augmente à nouveau. *Tenir, il faut tenir !* Exténué je ralentis, et une fois n'est pas coutume, j'entre dans une épicerie. Hors d'haleine, je demande le téléphone. J'ai un côté du visage en feu, la jambe gauche éclatée. Habitué au quartier, rien qu'à voir mon état, le mec a déjà flairé l'histoire. Heureusement pour moi je suis bien habillé et je n'ai pas l'air d'avoir passé trois jours et trois nuits à me défoncer. Il croit tout simplement que j'ai été agressé par des tox. Il me tend le téléphone. Ça décroche :

— Police, j'écoute.

Je déballe rapidement.

Ils ne viendront pas, une voiture est déjà en patrouille dans le secteur. Je peine à garder mon sang-froid, je délire à moitié, je suis en pleine paranoïa. J'ai peur que quelqu'un vienne m'agresser depuis le fond de l'épicerie, je mate la porte en même temps, je me méfie de tout le monde autour – même de l'épicier !

Au moins j'ai le temps de vérifier que personne ne m'a suivi avant de ressortir. Je souffle à peine, je replonge dans la nuit. Je trace sans cesser de me retourner. Je marche en crabe. Je suis à deux doigts de me laisser tomber au sol pour attendre la sentence, à deux doigts du pétage de câble. *Achevez-moi, bordel !* Je finis par rentrer chez moi.

Instinct de survie : le trajet du retour a disparu de ma mémoire.

MORT SEUL

Dans cette ville de l'étrange il est

Celui qui :

Passe, repasse, parfois chante.

Celui qui mendie un temps, mendie un peu, mendie un bout de chemin.

Meurt peu à peu, meurt à force de regarder son coin de trottoir.

Meurt debout dans le métro, seul, à force d'être en quête et d'ignorer les jours, la vie.

Pendant que les enfants jouent dans les flaques, le soleil après la pluie lui jette les dernières gouttes.

Je suis un morceau de vie volée, fragments d'humain, jeté aux passants.

Désavoué…

Je suis : celui qui meurt seul, meurt sot, celui qui meurt, ciel, face contre terre, face caniveau.

Je suis enfermé à double tour chez moi dans le 12e, volets fermés, dans mes quinze mètres carrés. Je ne regarde plus ni l'heure, ni la date. Je ne vois plus l'extérieur, pas la lumière du jour. Je guette les bruits derrière ma porte, la cage d'ascenseur, les pas dans le couloir, les clés dans les serrures. Psychose paranoïaque sévère.

Je mange sans appétit. Je passe mon temps allongé, je ne peux pas m'appuyer sur la jambe gauche. J'écris, je vomis. Je lutte contre les pensées suicidaires. Je suis désespéré.

Dix-sept jours d'enfermement complet, puis une sortie pour me faufiler jusqu'à l'épicerie. Après le passage du dernier tram, après la fermeture du métro, en pleine nuit. Je guette avant de franchir ma porte. Je guette sur le palier. Je guette avant de sortir de l'ascenseur, avant de traverser le hall. Je guette avant d'aller dans la rue. Je sors en traînant la jambe et la peur au ventre.

Je me retourne violemment au moindre bruit derrière moi. Les Noctiliens, les voitures, les motos, les scooters, les terrasses de café, l'intérieur des restaurants : je guette tout, partout, tout le monde.

ÇA FRAPPE, ÇA TAPE ENCORE... !

Lendemain de défonce, grosse descente.

Tiré du sommeil par un bruit de chantier : dans le collège en bas, un marteau-piqueur défonce le béton, des ouvriers pellettent et piochent les débris. Quel merdier ! Ça frappe, ça tape ! Encore et encore dehors, par la fenêtre, au chantier : marteau-piqueur, béton, cailloux.

Dedans la tête, fumée, cailloux. C'est trop ! Je craque !

Je ne mourrai probablement pas étouffé par une fraise ou un noyau de pêche. Ni aux commandes d'une fusée spatiale de la Nasa. Encore moins dans un sous-marin ! Mais là, c'est trop. Je craque ! J'ai la tête qui éclate, j'voudrais seulement dormir, m'étendre sur l'asphalte et me laisser mourir… Plutôt mourir pour de bon en fait.

Ça frappe ! Encore ! Ça tape !

En revanche, à force, je pourrais bien claquer d'un accident vasculaire cérébral, d'un arrêt cardiaque, d'immunodéficience, d'une saloperie d'infection cutanée ou pulmonaire. D'un satané cancer ! C'est ça !

Ça, c'est la fumée des cailloux : des marteaux-piqueurs dans la tête. Une fumée mortelle, qui me consume. Qui m'interpelle d'où qu'elle vienne. Il faut que j'y goûte, peu importe. J'en veux !

Ça frappe en pleine tête, ça tape en pleine tête, et puis dans tout le corps. C'est fascinant, c'est violent. Je voudrais seulement dormir, me laisser mourir, mais pas comme ça.

Non, pas comme ça.

Ça frappe en pleine tête, ça tape dans tout le corps.

Ça tape, ça frappe encore.

TOUT TOURNE ROND

Nous sommes à la fin de l'hiver. J'habite toujours dans mon studio du 12e arrondissement. Au total, deux mois et demi ont passé depuis les épisodes avec Malien et Aline. Je n'ai parlé à personne. J'ai ouvert deux fois à ma mère. Souvent, je ne réponds pas lorsqu'elle sonne alors elle laisse un sac accroché à la porte.

L'extérieur m'est devenu un monde étranger et hostile, je ne sais plus comment vivre.

« Je » est un personnage qui vit reclus derrière ses stores baissés aux trois quarts, regarde des dessins animés plusieurs fois par jour, bouffe de la téléréalité très tard la nuit, des reportages, ou au matin très tôt des rediffusions.

« Je » est un personnage dont la meilleure amie est une télé.

« Je » existe 5 minutes sur Instagram, puis une heure sur Facebook, puis finalement toute une nuit sur YouTube. « Je » est amoureux d'une comédienne, puis envoûté par une chanteuse qui s'annonce clairement, dit avoir : « démaquillé le noir à mes yeux, ôté le rose à mes joues, et je viens nue vers toi ».

« Je » est un personnage qui se conditionne à fermer les yeux devant les flashs lumineux trop rapprochés, trop intenses de l'écran de télé. « Je » est un personnage qui ne sort presque pas et qui lit, la télé allumée, qui vit la nuit et qui s'ennuie. Qui lit pour s'évader. Qui n'ose pas sortir, ni affronter les autres. Qui ose vivre seul, envers et contre tout, courage, « Je » ! « Je » est un personnage qui dénie le réel au point de ne plus vouloir que l'extrême mortel. « Je » est un personnage qui fuit, qui ne différencie ni son intérieur de son extérieur, ni son extérieur de son intérieur. « Je » est un personnage perméable, envahi par le réel. « Je » est un personnage à qui le jour fait mal aux rétines, qui refuse de prendre le métro et de se sentir parmi les autres, de sentir les autres, avec leurs odeurs, leurs humeurs et leurs fautes.

« Je » refuse de devoir vivre le quotidien des autres de peur qu'il soit le sien, qu'il s'y fasse, y plonge et se lasse à nouveau.

À nouveau « Je » est un personnage qui fuit le monde, un monde sans repères, un monde mal taillé pour lui. « Je » est un personnage qui se confronte à l'univers, se frotte aux autres, et laisse échapper de sa matière.

Du sang.

« Je » est un personnage qui saigne et qui flambe, qui se consume et qui se noie en même temps. Un personnage condamné à vivre même s'il est déjà mort et qui se croit roi. « Je » est un personnage qui se tue et qui croit qu'il en a le droit. Voudrait n'être éternel qu'une seule fois, n'être qu'un mort en sursis, un seul homme à la fois.

« Je » est un personnage qui sait qu'il n'y a aucun secret dans la vie qui ne soit si bien gardé. « Je » ment ! « Je » est un personnage qui tente de se suicider. Et se supporte.

Au quotidien, à la fois.

« Je » est un personnage qui n'a toujours pas sa place.

À 30

Ce soir-là, je suis décidé à prendre l'air. Je vais jusqu'à Brume, le bar de mon ami Léonidas, à Parmentier. Courageusement. C'est dimanche soir et les rues sont vides.

Je me tiens à peu près tranquille. Ménilmontant. Je descends la rue Oberkampf, vers le 131. Au sol un marquage : 30… Limité à 30 ? 30 quoi ? De quels 30 on parle ? 30 quoi ? Mais qui ? Pourquoi 30 ? Mais de quels 30 on parle, putain ? Comme par hasard, il n'y a personne à qui poser la question. Personne à qui en parler. Le sens de la vie, chaque fois toutes ces questions. Sans réponses… Est-ce que la prochaine fois ce sera la bonne ? Du calme… ! Je tente : musique dans les oreilles, volume au plus fort, je tâche de ne plus m'entendre penser. « Petit garçon je courais… derrière ma réalité… »

C'est mieux qu'avant. Je paranoïe encore, mais je marche ! Je marche avec une canne. Je marche en rythme.

Je suis vivant, je marche… ! Faites vos jeux !

Côté gauche, je m'en rends compte à présent, je suis un peu sourd, j'ai dû prendre un coup à cet endroit. Je marche avec une canne ! Je marche en rythme. « Petit garçon je courais… derrière ma réalité… »

Pourquoi ne pas se remettre à vivre très fort ? Je passe en revue : les verres sur les tables, la musique, la rue, les passants. Je suis chez Brume, on y passe *Tout est magnifique* de Jacques. Et là je me dis pourquoi pas… Les filles, ma vie, la teuf, une nuit… Pourquoi pas…

Faites vos jeux ! Rien ne va plus !

Une dernière fois, je me pose la question : est-ce que la prochaine sera la bonne ? On meurt tous, de toute façon.

Je suis passé pas loin de la catastrophe. Juste entre vivre et mourir. Je crois que si je m'étais fait choper, au passage il y aurait eu : balafre, sang, os cassés. Traumatisme. Peut-être hôpital ? Tant pis. Merde, fait chier, j'arrête tout ! Je marche avec une canne. Fait chier, je reste en vie.

La banque saute !

Je sors une fois encore : troisième fois en trois mois. Je vais fêter mon anniversaire, chez Brume toujours. J'ai réussi à communiquer la date et l'heure par message. L'exploit. Je n'attends pas de réponse. La banque saute !

Je m'enferme de nouveau, je retourne devant la télé. Je suis souvent réveillé au hasard, je me remémore mon dernier rêve. Juste pour être sûr d'être vraiment en vie.

Je me réveille pour écrire, vomir. À la télé, je vois un bébé un jour de baptême, je n'en ai jamais vu en vrai...

J'écris. C'est la nuit, enfin je crois. Et puis plus tard, assis sur les chiottes je me marre à voix haute en lisant quelques pages de *Evguénie Sokolov*.

Nous sommes le 15 avril 2019, Notre-Dame brûle.

« Arte, c'est la nuit... » De nouveau éveillé. Aussitôt je cuisine, lis un livre, écris. Tout faire en même temps. Ça au moins ça fait partie de moi. Parfois je me demande comment je passe de l'un à l'autre. Comment ne pas être étourdi par cet écran bleu, ce spectre blanc, cette succession de flashs, toutes ces voix.

Dans un murmure, j'entends que « désormais la banalisation des fraudes peut être punie de trois mois d'emprisonnement ferme [...]. Émeric s'est suicidé à Fleury, il n'avait que vingt-quatre ans. »

Au moment du journal, je suis ému par la lutte pour le droit à une vie qui ne soit plus simplement l'attente fébrile de la retraite pour compter ce qu'il reste d'économies et se mettre à pleurer. Cet enchaînement d'absurdités et de détresse me bouleverse.

On veut savoir ce que sont ces foules, ces foulards, ces gaz lacrymogènes qui défilent sur les places marseillaises, parisiennes, toulousaines. Je ne comprends pas. Ça semble pourtant évident : se lever et rentrer quand il fait nuit, regarder par la fenêtre à travers un store baissé, manger des pâtes toute l'année. Rentrer à la même heure tous les jours. Ne jamais prendre de vacances. Compter le moindre sou. Les pauvres, je les comprends les pauvres. Où qu'on se projette tout n'est que rupture. Dehors l'éclat jaune des gilets s'assombrit : fumée rougeâtre, tirs, explosions. En photo, dans les médias : les restes d'une main. Je ne comprends plus toute cette violence. Ce monde n'est que colère, ma fille l'écrit : « *Égoïstes cruels, entre guillemets immortels, rois du monde, dictateurs, la couronne à l'envers.* »

Des voitures sont incendiées. Des Français mutilés, on leur tire dessus. La police a peur, on lui jette des pavés.

Pourtant ici les écoles publiques sont gratuites, laïques : endives au jambon pour tout le monde à midi. Le vendredi c'est poisson ! Gratuites, laïques. Vive la République !

À l'intérieur du poste, François Ruffin dit qu'Emmanuel Macron va terminer comme Kennedy.

Dehors sur un établissement Bagelstein, un tag : *Juden*.

La Ve République est-elle morte ?

À l'intérieur du poste, on dit que dehors, il paraît qu'il n'y a plus de manifestants.

Les écrans bleus, c'est vrai après tout, prennent le contrôle.

À la radio c'est pareil : on nous explique qu'il y a déjà actuellement 882 satellites en orbite autour de la Terre et qu'on projette d'en envoyer encore mille de plus. Les hommes vont semble-t-il cesser toute communication directe. Avec une telle quantité, ce sont les machines qui vont prendre le relais. C'est déjà le cas en fait.

Que pouvons-nous donc bien faire de nous ?

Il va falloir songer à nettoyer les débris dans l'espace.

... WAS HERE

Ma vie a de nouveau basculé, cette fois dans le bon sens. J'ai besoin de réfléchir, de répit. Je me sens fragile et fort à la fois. Trop exposé par la période que je vis. Alors je choisis de m'enfermer de nouveau. Ce sera un sevrage sans produit. Ce sera un nouveau séjour à Marmottan.

Précédemment, c'était dans l'urgence, la détresse que je venais me réfugier ici. Sortir de la rue et trouver eau chaude, chauffage, nourriture à volonté. La situation m'apparaissait confortable, c'était comme une oasis dans le désert de la peur et du malheur. Là c'est différent, c'est pensé, j'ai préparé mon entrée.

Deux mois que je viens aux rendez-vous. Nous établissons un plan, discutons de mes motivations. Je suis déterminé. La vie en communauté, l'enfermement, je supporte mal même si j'y suis habitué. J'ai déjà tellement lutté. Je suis prêt.

C'est décidé, j'entre pour huit jours. Nous sommes le 2 janvier 2020. Pas de téléphone, pas de lien avec l'extérieur, je connais. Je laisse ma vie de côté, une parenthèse choisie, pas de pudeur ici, nous serons enfermés, gens de la rue, addicts en tous genres, au jeu, au sexe, à la came.

Le personnel a changé. Moi aussi, j'ai changé. Le vide résonne lourdement cette fois. Souvent me paralyse, mais je lutte.

Huit jours. Sept nuits. Cent quatre-vingt-douze heures, moins deux à présent.

J'ai déjà envie de partir. Je suis aux aguets. Pour rien. Je suis sous tension à cause de l'enfermement.

L'un des soignants porte des jeans moulants et une grosse paire de Dr Martens coquées. Le genre qui donne des coups de pied. Avec des fleurs au bout. Des fleurs pour botter des culs.

Je pense être prêt, mais je suis loin du compte. Je fais les cent pas, puis mille allers-retours. Pour un oui, pour un non, un peu comme ça, pour n'importe quoi. Passer le temps, espacer le temps. Tuer le temps.

Plus que... Cent quatre-vingt-dix heures. Je patiente. J'ai tout mon temps. Pourtant je suis électrique. Je me souviens, comme si rien n'avait changé. « Ici, c'est un jour par un jour. Un jour pour toujours. » Le temps s'écoule. Tout recommence. C'est faux, le temps reste figé ici. Dehors ça roule et ça brasse. Loin, semble-t-il. Un jour ici, un jour pour toujours, cet endroit lorsque je le quitte je l'emporte avec moi. Pour toujours.

Dans un coin sur une table, une mappemonde sous forme de puzzle. Il y a des trous dans la sphère. Des vides qui laissent passer la lumière. Sont portés disparus Indonésie et océan Pacifique.

Derrière les portes des toilettes, à chaque étage, des inscriptions datées : « *X was here...* » Avec une orthographe inventée, phonétique : « *On et pas mort, On et la.* » Des prières, des incantations, des conseils.

Un jour de plus.

Je lutte pour ne pas remuer dans tous les sens. Ça passera. C'est pour du mieux. Je serre les poings. Je soupire lourdement. Je serre les poings, je suis dans le salon de thé. Soudain je cours dans ma chambre, je serre les poings, je fais des pompes.

Et encore un jour.

On m'a donné une cigarette électronique. Parce que ça fait partie du programme de prévention. Que j'en fais partie puisque je fume, alors j'y ai droit. On me donne des embouts neufs, une cigarette neuve, une résistance de rechange, neuve elle aussi.

J'attends qu'on remplisse mon dossier. Je suis coincé dans le bureau côté médecine générale. Je me sens surveillé. C'est le cas. Je ne peux pas communiquer avec les autres patients du service. C'est discret, mais je sens bien qu'on me tient à l'écart. C'est comme ça, premières impressions, premières heures en « détention ». On ne mélange pas les consultations de jour et les longs séjours, ça évite que des échanges aient lieu, vous voyez ce que je veux dire ?

La nana du bureau me fixe. Je suis tendu. J'essaie de faire comme si, mais je suis tendu. Elle lit mon nom à voix haute.

— Je me souviens de toi…

Des années que je n'ai pas foutu les pieds dans son bureau. Comment se fait-il qu'on se souvienne de moi comme ça ?

— Tu vois les trucs que j'ai fait y a deux jours je m'en rappelle déjà plus ! Par contre les noms des gens tu vois… ben ça… !

Je réponds qu'à mon avis c'est simplement une question d'attention.

— Tu crois… ?

J'ai l'impression qu'elle se moque gentiment.

J'ai la boule au ventre chaque fois que je pense à la vie à l'extérieur. Tout semble en pause ici. Un peu hors du temps. Un trou spatio-temporel. Un putain de révélateur ce trou. Je rêve à de futurs voyages lointains.

Je suis enfermé comme un animal. Un animal fumant et ruminant. Oppressé par le manque d'espace, de liberté, par l'odeur de mes congénères. Les activités en groupe, les jeux de société dans le meilleur des cas m'indiffèrent, souvent me répugnent. Pareil pour les repas. Bouffe humide et chaude. Molasse, peu salée, peu goûteuse. Tout a l'air d'avoir séjourné trop longtemps dans la flotte. Rien de croquant, de croustillant.

Je file dans ma chambre. J'abandonne le groupe, mon assiette à moitié pleine. Depuis le couloir me parviennent les accords répétitifs de l'atelier musique. Je préfère me cacher derrière les pages de mes livres. Me retrancher dans ma chambre pour écrire. J'évite d'avoir de l'empathie. Pourtant j'ai envie de partager, de questionner, de savoir pour les autres. Est-ce qu'ils vont mieux ? Comment ils gèrent ? Quel merdier quand j'y pense. Être obligé de se faire enfermer !

Je suis dans ma chambre. J'entends le glouglou des radiateurs, incessant. Les portes qui claquent. Le rien, le vide et le silence qui résonnent. À l'intérieur de moi. Des bribes de conversations, dehors, j'entends les autres.

Nous sommes quatre au salon de thé. Que des hommes.

Sujets de conversation : les femmes, la sexualité. Pas d'ego, pas d'enjeux. C'est plaisant, suffisamment rare pour être rassurant.

À chacun son âge, sa vision des choses, son orientation sexuelle. Il y a Youness le timide réservé, accro au GBL, qui est amoureux d'un mec, Guillaume qui a mon âge, accro aux jeux, Fanfan le plus vieux, environ la cinquantaine, d'après lui définitivement alcoolique.

Guillaume nous lâche :

— En ce moment les mecs, je suis sourcier !

Interloqués, on le regarde.

— J'ai découvert les femmes fontaines.

La pièce se met à résonner. On oublie le reste. Pas d'éclats de voix, mais des rires et des sourires complices. Du respect.

Je quitte la salle pour aller pisser. Sur le trajet, quelque chose se produit : le volume diminue, les discussions semblent s'interrompre. À chaque encadrure de porte, des femmes : infirmière, aides ménagères, secrétaire, psychiatre. Simple coïncidence.

Enfermé seul, j'urine bruyamment. Quand soudain, je tilte. Elles écoutaient. Je retourne en salle de pause. À mon passage, les regards se détournent, les conversations changent. J'entre et je mime : Silence ! Nouveaux sourires, éclats de rire. Complices. La conversation reprend. On oublie le reste.

Les pendules sont des ennemies. Les nuits des combats. Les jours des alliés qui me rapprochent de la sortie. Je me souviens. Dehors ce sera mieux, peut-être bien…

MORTELLE

Elle est née en 1927 ma grand-mère. Elle me fait rire. Le genre poli qui ne s'en laisse pas conter. Elle passe son temps à filouter.

Maintenant tout s'accélère. Je veux dire : pas au rythme de ses foulées, elle n'est pas grabataire mais tout de même fragile sur ses cannes. Elle passe ses journées à me dire qu'elle va se barrer, qu'elle va nous quitter, qu'elle en a marre et qu'elle veut plus rester, que c'en est trop, trop d'ennui. Je la crois. Au bout d'un moment, c'est toujours la même chose ici. « Tu sais, moi, demain, je peux très bien me réveiller morte. » C'est ce qu'on va voir ! Moi c'est ce que je me dis.

Je sais pourtant qu'elle a raison et qu'elle s'en va.

Alors je l'observe, j'essaie de savoir quand elle va faire le coup. Elle n'est pas dupe, elle sait que je suis fait du même bois qu'elle. Le genre qui voudrait bien faire une belle cabriole de fin.

Elle m'a toujours soutenu, depuis petit jusqu'à mon retour dans la famille après la rupture sociale et la rue.

Comme cette fois, assis à sa table. Elle me fixe droit dans les yeux et me dit : « Tu sais, le garçon que j'ai connu et que j'ai aimé, c'est toi. Rien de ce que tu as fait, même ce que tu ne diras jamais ne sera un sujet entre nous. Tu es là maintenant, tu es le fils que je n'ai jamais eu. Avance. »

Alors chaque fois qu'elle fait la sieste je la guette, j'écoute ses ronflements, je m'approche, glisse un doigt sous son nez, me concentre, surveille le moindre souffle d'air. Je sais qu'elle va nous faire le coup. Mais quand ?

« Je suis une église au fond d'un hameau dont le fin clocher se mire dans l'eau. » Quand elle me fait écouter Jean Lumière le jour où on a remis son phonographe en route, je vois l'enfant qu'elle a dû être, la petite fille rêveuse. Ma grand-mère, souvent, elle rêve qu'elle a à nouveau ses quatre ans, elle rêve de sa campagne, de ses frères et sœurs et de ses chats. Ses jouets, ses livres, tous ces souvenirs au présent.

J'ai l'impression que c'est comme ça que se termine la vie : on retombe en enfance, on s'accroche au souvenir, on se lasse et puis on s'en va.

LEX TALIONIS

Dehors, j'ai dû désapprendre à dire oui, apprendre à dire non, aussi. Je suis passé pour stupide, pour un mec faible. J'ai été faible, stupide. Soumis. J'ai été maltraité, violenté, manipulé. À qui la faute ?

Je suis passé pour un mec égoïste, qui fume toujours jusqu'à sa dernière cigarette, ne pense jamais au lendemain, s'endort les poches vides, comme pour dire : « C'est pas grave, l'essentiel c'est de mourir. »

J'ai dû me battre, frapper le premier et vouloir mourir, vouloir survivre. J'avais plus cette pression, bonjour, merci, plus les mêmes conventions. Je suis devenu raciste. J'ai détesté les Noirs du milieu pour leur haine des Blancs, des Arabes, des Noirs, du système. Leur mépris à mon égard, moi le métis. Leur volonté de détruire. J'ai détesté leur cupidité motivée par la haine de l'autre, leur envie de malheur, de me voir plonger et continuer à m'enfoncer. Leur jouissance perverse, nourrie par la tristesse des autres.

J'ai subi, pendant des jours, sans comprendre pourquoi ils venaient pisser sur mon matelas, me volaient la moindre pièce, le moindre bout de plaisir, sans cesse. Le langage c'est la base de la civilisation, le lien qui unit un peuple. C'est la première arme dégainée lors d'un conflit. Dehors, je me suis retrouvé muselé. À nouveau marginalisé.

Il est des choses que je ne conçois pas, à cause desquelles j'ai été maltraité. Qui ont failli me coûter cher. Qui ont causé du dégât avant que j'apprenne à m'y soustraire. Des choses que je ne saisis toujours pas.

« Alors à force de renoncer, peu à peu, je suis devenu comme un autre. » Un autre moi. Vaincu. Perdu. J'ai perdu mes repères, les ai vaincus. J'ai dû faire preuve de brutalité et de colère. *LEX TALIONIS.* J'ai appris à frapper le premier, sans prévenir. Passer du calme à la violence, sans respirer, sans sourciller. Laisser un ennemi à terre sans vérifier s'il était blessé ou encore en colère. L'achever. C'était la seule façon de survivre. Rester caché, faire croire à ma faiblesse, attaquer.

On ne pleure pas, dehors. On saigne à l'intérieur. Décharger sa peur et sa colère en une bouffée. Toujours de la même manière. Sûr que celle-là vous mènera au bord du précipice, aux portes de l'enfer. Les souvenirs, les amitiés, la vie d'avant, soi : fumer pour les faire taire... Je suis devenu un sale type, un peu, sur les bords. Mais au milieu, j'ai gardé un cœur.

Pour tout ça j'ai payé. Un prix fort. Non pas ma volonté, ni mon âme. Je n'ai presque rien conservé de la vie d'avant la rue, tous les objets souvenirs ont été jetés.

J'ai cherché ma place, d'échec en échec je me suis balancé un soir d'hiver à poil dans le vide, la rue, le froid, l'addiction, la mendicité.

J'ai vu la mort, le viol, la violence déchaînée des hommes, des femmes, de notre société. Ce monde à ciel ouvert, caché. Réglementé par l'argent, les dealers, la brutalité, l'addiction et la peur. Ce même monde où j'ai grandi, habité. Un autre, le même, caché.

Il m'en a fallu des heures, une fois ce temps passé, pour me réhabiliter, réapprendre, accepter. Faire les courses, parler de soi, manger à table. Reprendre un rythme de vie, se coucher dans un lit. Savoir être en sécurité. Se savoir en sécurité. Tourner le dos à une porte, cesser d'être en alerte, marcher dans le noir les yeux ouverts, les poings fermés, prêt au combat, comme si j'étais menacé. Ne plus appliquer systématiquement la violence. Accepter d'être traumatisé.

J'ai encore de la haine par moments, des souvenirs au goût dégueulasse qui remontent du fond de la gorge. J'ai la haine de moi-même, j'ai la haine de ces gens. Il faudra des années pour que ça passe. Et je répète en boucle infinie, inlassable, fatigante pour effacer ces souvenirs, les ranger à une place où ils sauront se tenir.

TEMPUS FUGIT

Laumière, le long du canal de l'Ourcq, à l'endroit même où autrefois je « fumais la pipe », l'œil hagard, le regard vide, le visage et les mains sales, sans cœur, presque sans âme, il y a maintenant des activités nautiques. Tout change.

Cette fois nous avons rendez-vous, mon fils d'un an, sa mère et moi. Entre nous deux, rien ne va plus. Nous échangeons pour essayer à nouveau de trouver un terrain d'entente. Malaise, colère, elle s'entête, moi aussi. Je tente de dévier la conversation. Je le vois bien, ce qui nous concerne n'a plus rien à voir avec le passé. Alors à bout d'arguments, je tente de dédramatiser :

— De toute façon, tu ne faisais même pas bien la cuisine.

Mais ce trait d'humour n'a pas l'effet escompté.

— Et toi, tu ne me faisais même pas bien l'amour.

Il faudra du temps. Comme pour le reste.

Sur le canal, je m'y balade de temps à autre, rarement. Je l'ai descendu et remonté tant de fois entre Stalingrad et le centre-ville. J'y ai fait tant d'allers-retours guidés par le vide, jusqu'à m'épuiser.

Cet endroit, comme tant d'autres dans cette ville, est marqué d'une croix rouge. Il faudra d'autres situations, mille passages peut-être, pour que disparaisse de ces lieux le souvenir des événements traumatisants.

MARGINAL SÉCANT

J'ai longtemps espéré la fin de la démarcation entre la marge et la norme.

« Je suis ce que je suis que je suis… » J'ai lu, beaucoup, j'ai recopié des pages à la bibliothèque municipale de Port-Royal lorsque j'étais en centre thérapeutique, car c'était la seule issue : lire par moi-même pour aller chercher la connaissance. Enfin savoir si j'étais fou ou bien juste perdu. Assis face à personne, face à ma haine.

J'ai réappris les autres.

J'ai appris à être en groupe. À vivre en société.

J'ai dû réapprendre les règles, même si je les connaissais. J'ai dû apprendre à vivre sans drogue, même si j'aimais le sentiment de détachement qu'elle me procurait.

J'ai dû apprendre à être libre, à l'accepter même si je flippais. J'ai dû retrouver qui j'étais à l'âge de dix ans, quand tout ça a commencé.

J'assume d'être marginal, d'être différent, dans ma propre famille, et en société. C'est ainsi. J'ai payé le prix fort pour m'accepter. Savoir où est ma place. Savoir qui je suis. Ce n'est pas sans mal, et ce n'est pas fini. Je porte en moi quelques cicatrices.

J'ai lu ça quelque part : « Prier est quelque chose que l'on fait dans notre temps. Les réponses viennent dans le temps de Dieu. » J'ai compris : je ne cherche plus les réponses à des questions que je suis sans doute le seul à me poser. Qu'il en soit donc ainsi, on ne fait pas revivre les morts, on marche avec des fantômes.

ÉMARGEMENT

J'ai reconstruit en partie. On ne revient pas indemne de ces années passées à errer. J'en suis sorti. Fragilisé, meurtri mais heureux d'être là où je suis aujourd'hui.

Et puis j'ai eu de la chance, j'ai rencontré une femme extraordinaire. Intelligente, aimante, fidèle, généreuse. Belle. Fière et digne. Droite. Un peu toquée.

Avant je me récitais ce poème de Baudelaire, pensant que c'était le plus beau de tous. « Je fais souvent ce rêve étrange… »

Je veux la vivre cette vie rêvée. Et puisque rien ne dure vraiment longtemps, je voudrais qu'on la partage ensemble, jusqu'à épuisement, le même nom jusqu'à la fin.

MaCha, veux-tu m'épouser ?

Merci à mes amis d'enfance, ceux de l'école Mathis. Si j'avais su, j'aurais fait autrement les gars !... Et vous êtes toujours là !... Merci à toi, Clem. Assis en tailleur, tu sais déjà, pas la peine de raconter...

Une grande bise à la famille Prouvost, vous êtes les meilleurs voisins qu'on ait jamais eus, vous nous manquez !

À la famille Sztanke, Nico et David. Maurice j't'oublie pas, tu m'as mis quelques bonnes fessées bien méritées. Sans rancune. Nadine, repose en paix. Merci pour les cours de grec, ça m'a bien servi en fait !

À toi, David Neerman, mon grand ami, « MAESTRO » !

Merci à toi, Jeanne Robet qui a su tirer un récit de ce que je te racontais au micro dans cet appart de la butte Montmartre, pour en faire *Crackopolis*. T'as tout déchiré !

Merci à toi, Alexandre Kauffmann, dit Kokof. « Dis voir, t'y serais pas un peu pour quelque chose ?! » Sans déc, mec, tout ça c'est un peu grâce à toi ! Merci, merci de m'avoir propulsé jusque-là.

À toi, Nicolas Krassilchik, alias Kracho, merci pour ta patience au studio. Fort !

Michel-Ange Merino, Viane Mondésir, HOTEL FURY, à fond les gars !

Merci à toi, Alexandre Rallis, de m'avoir accueilli, soutenu. Kalamata c'est promis, j'irai un jour là-bas, on m'a dit que l'huile y est plus verte qu'ailleurs et que l'or blanc se ramasse à la pelle… Vivre libre et nourrir, quel destin !

Merci à toi, Slimane Dazi, t'es mon parrain. Merci à toi, Denis Lavant, d'avoir été aussi patient en répète, je sais y a encore vachement de boulot !

À mes camarades des *Enfants Perdus* : Lucien et Léon, vous êtes dans mon cœur. À votre tante Amélie, merci Amélie, en souvenir de ce jour où tu m'as raccompagné le long de gare de l'Est. J'en menais pas large, tu as été d'une douceur incroyable. Lionel, je sens ta main sur mon épaule. Discrète.

Au DIAGO Crew, à nos nuits folles et électriques ! Waouh !... Kayak Boys forever !

Merci à toi, Coco, Corentin Fohlen pour cette magnifique photo de couverture. Tellement fier, camarade !

Merci à toi, Marie Eugène, j't'appelle Marie-Eugène, comme si c'était un prénom composé, j'adore, qui m'a accompagné tout au long de ce travail. T'es tout simplement géniale, tout le monde le sait, tout le monde le dit, c'est vrai !

Merci à toi, Léa Baubil (copine). C'est aussi grâce à toi tout ça. Passe de numéro dix ! Tu déchires ! Merci à toi, Merry Royer, t'inquiète t'es pas là mais t'es là.

Merci à toi, Alexane Lepoan pour ton œil avisé.

À toi, Virginie Despentes, merci pour tes conseils, je me suis lancé là-dedans sans aucune arrière-pensée et ça m'a aidé que t'y crois. T'as raison c'est vachement important d'écrire, ça m'a sauvé.

Merci à toi, Eliza, tu as toujours été là.

Gravo, t'es là.

Merci à toi, Marie-Charlotte, d'être là. Je t'aime.

Merci à ma famille, je sais j'vous en ai fait baver. Mais honnêtement…

Non je déconne ! Du fond du cœur merci, tout simplement.

Dans la même collection

Marie Aline, *Les Bouffeurs anonymes*

Louise Browaeys, *La Dislocation*

Louise Browaeys, *Fais battre ton tambour*

Agnès de Clairville, *La poupée qui fait oui*

Gringe, *Ensemble, on aboie en silence*

Émilie Guillaumin, *L'Embuscade*

Carine Hazan, *jean-jacques*

Aurélie Jeannin, *Préférer l'hiver*

Aurélie Jeannin, *Les Bordes*

Anne de Kinkelin, *12 bis, avenue du Maréchal-Joffre*

Anne de Kinkelin, *La Sourde Oreille*

Nicolas Laquerrière, *Nueve Cuatro*

Nicolas Maleski, *La Science de l'esquive*

Nicolas Maleski, *La Force décuplée des perdants*

Sophie Pointurier, *La Femme périphérique*

Sophie Reungeot, *Le Bruit des avions*

Composé et édité par HarperCollins France.

Achevé d'imprimer en juillet 2022.

CPI
FIRMIN-DIDOT

à Mesnil-sur-l'Estrée (Eure)

Dépôt légal : août 2022.

Pour limiter l'empreinte environnementale de ses livres, HarperCollins France s'engage à n'utiliser que du papier fabriqué à partir de bois provenant de forêts gérées durablement et de manière responsable.

Imprimé en France